나는 힘들 때마다 글을 씁니다

나는 힘들 때마다 글을 씁니다

발행일	2024년 12월 13일

지은이	글빛현주, 김혜련, 서주운, 서한나, 석승희, 이경숙, 이현경, 정성희, 정인구, 최미교		
펴낸이	손형국		
펴낸곳	(주)북랩		
편집인	선일영	편집	김은수, 배진용, 김현아, 김다빈, 김부경
디자인	이현수, 김민하, 임진형, 안유경, 최성경	제작	박기성, 구성우, 이창영, 배상진
마케팅	김회란, 박진관		
출판등록	2004. 12. 1(제2012-000051호)		
주소	서울특별시 금천구 가산디지털 1로 168, 우림라이온스밸리 B동 B111호, B113~115호		
홈페이지	www.book.co.kr		
전화번호	(02)2026-5777	팩스	(02)3159-9637

ISBN	979-11-7224-411-8 03810 (종이책)		979-11-7224-412-5 05810 (전자책)

(주)북랩 성공출판의 파트너

북랩 홈페이지와 패밀리 사이트에서 다양한 출판 솔루션을 만나 보세요!

홈페이지 book.co.kr • **블로그** blog.naver.com/essaybook • **출판문의** text@book.co.kr

작가 연락처 문의 ▸ ask.book.co.kr

작가 연락처는 개인정보이므로 북랩에서 알려드릴 수 없습니다.

쓰는 동안 세상은 고요해진다

나는
힘들 때마다
글을 씁니다

글빛현주
김 혜 련
서 주 운
서 한 나
석 승 희
이 경 숙
이 현 경
정 성 희
정 인 구
최 미 교

북랩

"엄마가 세 분이다. 낳아준 엄마, 잠시 머물다가 간 두 번째 엄마, 밉지만, 불쌍한 세 번째 엄마. 세 번째 엄마는 스물다섯 되던 해 위암으로 돌아가셨다. (중략)

엄마가 자살 시도를 했다고 한다. 엄마가 누워있는 침대에 가까이 갈 수 없었다. 엄마는 천정을 쳐다보고 누워있었다. 눈에서는 눈물이 쉬지 않고 흐르고 있었다. 두 번째 엄마의 마지막 모습이었다."

- 본문 중에서

일곱 살의 아픈 기억을 간직한 채, 47년 동안 아무에게도 꺼내지 못했던 이야기를, 용기 내 남긴 글입니다.

살아가면서 말로는 표현할 수 없는 순간들을 마주합니다. 가슴 한켠에 묵직하게 자리 잡은 후회와 상처, 차마 털어놓지 못한 이야기들, 심지어 나조차 인정하기 힘든 감정들! 그런 아픔들은 종종 우리를 숨 막히게 합니다. 마치 깊은 물 속에 잠겨 있는 것처럼, 주변의 소리는 들리지 않고 고통만이 가득한 시간이 찾아옵니다. 우리는 그럴 때마다 글을 씁니다. 퇴근 후 텅 빈 사무실에서, 새벽 동이 트기 전 조용한 방에서, 카페 구석에서, 회사 점심시간을 이용해서…….

이 책을 쓴 작가들은 서로 다른 삶을 살지만, 한가지 공통점이 있습니다. '글쓰기로 사람들을 돕는 삶'을 선택한 10명의 라이팅 코치 이야기입니다. 자신만의 방식으로 힘든 시간을 견디어 낸 경험을 진솔하게 담았습니다. 누군가는 백 일 동안 백 번의 쓰기로, 또 다른 이는 뽀로로 밴드처럼 상처를 감싸는 글쓰기로, 혹은 비밀 일기장에 눈물로 적신 편지로 자신을 치유했습니다. 이제, 치유를 넘어 아픔을 겪는 이들에게 어깨를 내어줄 수 있는 코치로 성장해 가는 여정을 담았습니다. 작가 이야기는 우리의 이야기이기도 합니다. 이 책은 그런 우리의 여정을 네 개의 장에 담아냈습니다.

1장 '사는 건 힘든 일입니다'에서는 열 명의 필자가 각자 마주한 인생의 고비들을 담담히 펼쳐냅니다. 글빛현주 작가의 '빨간 딱지'는 빚의 무게에 짓눌려 도망치고 싶었던 순간들을 적나라하게 보여줍니다.

김혜련 작가는 과도한 책임감으로 자신을 잃어가는 현대인의 모습을 그립니다. 직장 일과 가사노동, 그 속에서 서서히 지쳐가는 한 사람의 이야기는 우리 모두의 이야기이기도 합니다.

　서주운 작가는 치매 어머니를 돌보는 과정에서 겪은 좌절과 성장을 담았습니다. "엄마! 밖에 나가면 항상 차 조심하고. 차길 건널 때는 반드시 초록불일 때 건너고. 엄마! 알았지?" 엄마가 여덟 살 나에게 했던 말들을 이젠 내가 여든 살 엄마에게 합니다. 라는 구절은 많은 독자의 마음을 울립니다.

　2장 '힘든 시간, 글쓰기를 만나다'에서는 각자가 글쓰기를 만나게 된 특별한 순간들을 담았습니다. 이현경 작가는 아버지가 세상을 떠나고, 연이은 엄마의 암 수술. 감당하기 힘든 상황도 글쓰기를 통해 의연하게 이겨내는 것을 보여줍니다. 정성희 작가는 웰다잉으로 가는 좋은 방법을 구체적으로 보여주며, 최미교 작가는 상실의 고통을 치유하는 방법을 상세하게 알려주고 있습니다.

　3장 '덕분에 힘을 냅니다'에서는 글쓰기가 가져다준 변화와 희망의 이야기입니다.

　서한나 작가는 속사정을 남에게 말하기 어려울 때 어떻게 마음의 짐을 덜어주는지 보여줍니다. 석승희 작가는 글쓰기가 삶의 어려움을 이겨내는 강력한 도구가 된다는 것을 보여줍니다. 이경숙 작가는 글쓰기가 우리 삶의 든든한 버팀목이 되어주는 과정을 감동적으로 그려냅니다.

마지막 4장 '고요한 시간 만나고 싶다면'에서는 글쓰기를 통해 찾은 각자의 평화로운 순간들을 담았습니다. 김혜련 작가의 '명품의 시간'은 일상을 소중한 가치로 담아내는 것은 두꺼운 명함을 만드는 것이라고. 서주운 작가의 '내 마음의 새벽 시간'은 새벽녘 고요 속에서 자신을 마주하는 시간의 소중함을, 정성희 작가의 '환갑 지나 글쓰기로 찾은 나만의 고요'에서는 인생의 황혼기에 발견한 새로운 기쁨을 보여줍니다.

새벽 4시 30분. 모든 것이 고요한 그 시간. 자명종 소리에 일어나 침대 위에 멍하니 앉아 있습니다. 이불의 유혹을 박차고 책상 앞으로 갑니다. 노트북을 켜자 화면이 은은하게 밝아졌고, 깜빡이는 커서 앞에서 한 글자, 한 글자 써 내려갑니다. "나는 과장을 용서하기로 했다……." 그렇게 시작된 글쓰기는 어느새 두 시간째 이어지고 있습니다. 창밖으로 희미하게 동이 트기 시작할 무렵, 죽어도 용서하지 못할 것 같았던 C 과장의 굴레가 조금씩 벗겨지는 것을 느낄 수 있었습니다. 아픈 기억을 지면에 다 쏟아놓고 나니 제 마음도 조금씩 밝아지고 있습니다.

글 쓰는 삶을 살기 전에는 다람쥐 쳇바퀴 돌듯 그저 무료한 일상이었습니다. 지금은 모든 일상에 의미를 부여하려는 습관이 생겼습니다. 보고, 듣고, 경험하는 것들을 기록합니다. 메모장, 스마트폰 앱, 영수증 뒷면, 일기장, 독서 노트에. 기록한 내용을 참고

하여 글을 씁니다. 하루하루가 활력이 넘치고 농밀해집니다.

　글쓰기는 내면의 고요한 세상으로 들어가는 통로입니다. 고요한 세상에서 생각이 자유로워집니다. 외부 자극으로부터 불안한 마음이 안정됩니다. 시끄러운 일상도, 마음을 짓누르는 걱정도 잠시 멈추어 섭니다. 펜 끝에서 흘러나오는 진심과 마주하는 시간입니다. 우리는 모두 알고 있습니다. 삶이 때로는 견디기 힘들다는 것을. 하지만 그 힘겨움을 글로 풀어낼 때, 조금씩 앞으로 나아갈 수 있다는 것을!
　"나는 힘들 때마다 글을 씁니다"라는 한 문장이 우리 모두를 연결합니다. 우리가 그랬던 것처럼, 당신도 글쓰기를 통해 새로운 희망을 발견하게 될 것입니다.

2024. 겨울
정인구

차례

3장_ 덕분에 힘을 냅니다

4장_ 고요한 시간 만나고 싶다면

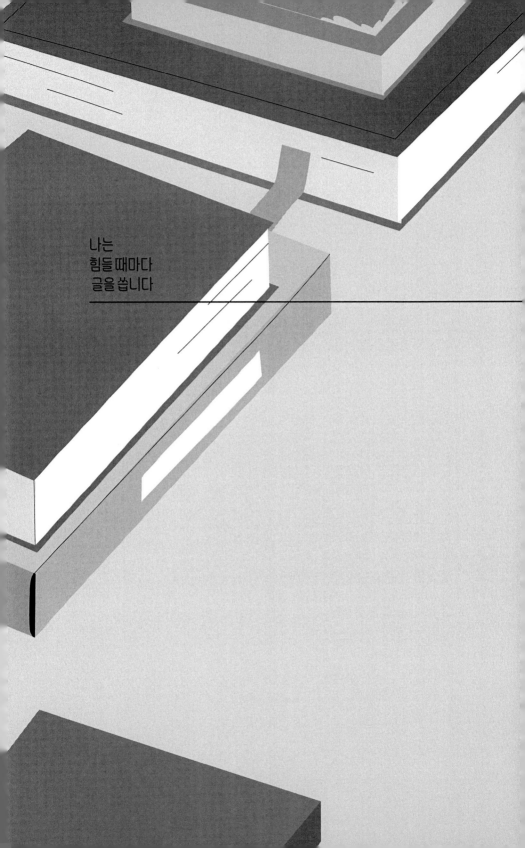

나는
힘들 때마다
글을 씁니다

1장

시는 건
힘든 일입니다

빨간 딱지
(글빛현주)

"최대한 안 보이는 곳에 붙일게요."

TV, 냉장고, 서랍장, 식탁, 아이가 앉아 있는 소파까지 집안 곳곳에 빨간 딱지가 붙어 있었습니다. 눈앞이 뿌옇게 흐려졌어요. 마주 잡은 두 손이 차가웠습니다. 죄지은 사람처럼 고개를 들 수 없었어요. 어떻게 하면 남편 모르게 해결할 수 있을까. 윙윙거리는 벌 한 마리, 머리가 복잡했습니다.

친정 아빠는 집을 짓고 파는 일을 했습니다. 때로는 건물도 지었고요. 의뢰를 받아 집을 짓기도 했습니다. 스물다섯, 대학에 다닐 때까지 부족함이 없었습니다. 먹고 싶은 건 먹었고, 하고 싶은 일 했습니다. 가고 싶은 곳도 마음대로 갔고요. 철마다 옷을 샀습니다. 마음대로 했어요. 앞으로도 쭉 이렇게 살 거라 생각했습니다.

1997년 IMF(외환위기)가 오기 전부터 서서히 집안 상황이 나빠졌는지 모릅니다. 거실에서 들리는 통화 소리, 아빠는 싸우듯 고함을 질렀습니다. 내용을 모르는 저는 왜 저렇게 매일 화가 나 있을까. 관심 두지 않았습니다. 평일에도 거실에 누워 TV 리모컨을 손에 쥐고 있는 낯선 아빠의 모습을 보면서도 별생각 없었습니다. 그저 불똥이 튈까 마주치지 않으려 노력했습니다.

엄마에게 아빠는 왜 저러는지 불평을 쏟아냈습니다. 그때마다 공사하고 받을 돈 받지 못해 그렇다는 말만 했습니다. 그런데 날이 갈수록 점점 더 집안이 시끄러워졌어요. 전화로 소리를 지르고 싸우는 일이 잦아졌습니다. 퇴근해 집에 들어오면 방에서 나가지 않았습니다. 거실에 누워있는 아빠가 보기 싫었거든요. 주말에도 약속을 만들었습니다. 어딜 가는지 물어도 건성으로 대답했어요. 마음은 무거웠지만 제가 도울 순 없다고 생각했어요. 지금처럼 부모님이 알아서 하시겠지, 강 건너 불구경이었습니다.

1998년 9월 13일 결혼했습니다. 대전에 신혼살림을 차렸습니다. 첫째를 낳고 그만두었던 일을 시작했어요. 결혼 전 미술학원에서 아이들을 가르쳤던 경력이 있었습니다. 집 근처 유치원 미술 선생님으로 취업했습니다. 아들은 친정에 맡겼습니다. 금요일 퇴근 시간이 다가오면 마음이 급해졌습니다. 아이를 보고 싶은 마음에 5분이라도 빨리 출발하려고 정류장으로 달렸습니다. 속으론 시간을 계산했지요. 천안 시외터미널에서 시내버스로 30분 친정에 도착하면 8시, 발을 동동 굴렀습니다.

이제 막 6개월이 지난 아들은 볼살이 올라 오동통했습니다. 친정엄마와 아빠는 첫 손주라고 온갖 정성을 다 쏟았어요. 잠들어 있는 아들 얼굴을 보면 일주일 피로가 풀렸습니다. 혹시라도 잠에서 깰까 조심조심 머리를 쓸어 넘겨주었습니다. 그렇게 저는 '주말만 엄마'가 되었습니다.

어느 금요일, 그날도 평소와 비슷한 시간에 친정에 도착했어요. 잠들어 있는 아이 얼굴을 한번 보고 주방으로 갔습니다. 급히 오느라 저녁을 먹지 않았거든요. 배가 고팠습니다. 냉장고를 열어보니 접시 위 삶은 고구마 두 개가 보였습니다. 식탁에 앉아 차가운 고구마 한 입 베어 물었어요.

"아이고, 고구마 그렇게 먹으면 목 막혀. 천천히 먹어."

잘 익은 김치와 따뜻한 물 한 잔을 건네며 맞은편 의자에 앉는 엄마. 그제야 고개를 들고 엄마를 봤습니다. 머뭇거리는 모습 무언가 할 말이 있는 듯 보였어요. 주방 싱크대 아래 서랍을 열고 종이 한 장을 꺼냅니다. 부탁할 일이 있다고 하시며 제게 종이를 주셨습니다. 이게 뭐냐고 묻자 갚을 돈을 나눠서 내겠다는 서류라고 하십니다. 제 사인이 필요하다고만 말씀하셨어요. 금액, 날짜 확인하지 않았습니다. 그냥 식탁 위에 뒹구는 볼펜을 집어 들었어요. '이현주' 이름 세 글자 또박또박 썼습니다. 보증인 서류라는 건 나중에 알았습니다. '돈은 일해서 벌고, 쓰고 남으면 저축한다.' 제가 알고 있는 경제는 딱 거기까지였습니다.

삼 년 남짓 시간이 지났습니다. 그 일에 대해서 까맣게 잊고 지냈어요. 그동안 아무런 문제가 없었거든요. 그런데 어느 날 제 이름으로 우편물을 한 통 받았습니다. 봉투에 적힌 '법원'이라는 글자. 도대체 무슨 일인지 짐작할 수 없었습니다. 조심스럽게 봉투를 뜯었습니다. 몇 번이나 이름을 확인했어요. 제 이름과 나란히 적혀있는 엄마 이름, 바로 전화했습니다.

이제 무슨 서류인지 다그치듯 묻는 제 목소리에 엄마는 당황해하셨습니다. 그동안 못했던 속엣말을 하기 시작했어요. 몇 년 동안 잊지 않고 잘 갚고 있었는데 몇 달 전부터 받을 돈이 들어오지 않았다고 하십니다. 갚기 어려워 한두 번 밀리기 시작한 게 그렇게 되었다고. 받을 돈, 그 돈만 받으면 이것 먼저 해결할 거라고 하셨어요. 미리 말하지 못해 미안하다고 사과하셨어요. 두근두근, 쿵쿵. 마치 제 심장이 귀에 있는 것 같았습니다. 어떻게 전화를 끊었는지 모르겠습니다. 엄마가 원망스러웠어요. 보증은 가족도 서지 않는 거라는데, 어떻게 나한테 그럴 수 있었는지.

남편 모르게 해결해야 했습니다. 친정 일 말하기 싫었어요. 어떻게든 빨리 방법을 찾아야겠다고 생각했어요. 비상금도 없고 능력도 없는 저는 아무것도 할 수가 없었습니다. 대출을 받을 수 있는 것도 아니었고, 돈 빌릴 곳도 없었어요. 친한 친구에게도 말할 수 없었어요. 최대한 감추고 싶었습니다. 시간은 지나고 독촉 전화와 문자는 계속 왔습니다. 전화를 받기도 무서웠어요. 소화는 안 되고 입맛도 없었습니다. 늘어가는 두통에 타이레놀을 먹었습니다. 금방 해결된다고 말했던 엄마를 믿을 수밖에 없었어요. 시간이 지날수록 초조했어요. 해결될 기미가 보이지 않았습니다. 급기야 재산을 압류하겠다는 문서를 받았습니다. '설마. 내가 잘못한 일도 아닌데…… 왜 나한테?' 어떻게든 될 거란 생각만 했습니다. 피하고 싶었습니다. 해결할 생각도 안 하고 도망쳤습니다.

저승사자같이 검은 양복을 입은 두 남자가 검은 구두를 벗고 인사를 하며 집으로 들어왔어요. 아들을 데리고 집 앞 공원 한 바퀴 돌고 오라는 엄마. 식탁 의자에 걸려 있는 점퍼와 모자를 주섬주섬 챙겨 입었어요. 한 남자의 손에 든 서류 봉투와 빨간색 딱지 눈을 돌렸습니다. 보이지 않는 곳에 붙이겠다고 하는 말을 뒤로하고 문을 닫았습니다.

벌써 이십 년도 더 된 일이네요. 남편은 아직도 모릅니다. 다행히 빨간 딱지가 붙은 지 한 달 만에 해결됐거든요. 잘 마무리됐지만 다시는 경험하고 싶지 않은 일입니다. 생각도, 말도 꺼내기 싫어요. 그때를 생각하면 지금도 등에 땀이 납니다. 살면서 힘들고 어려운 일 피하고 싶습니다. 더군다나 제가 해결할 수 없는 일은 더 막막합니다.

좋은 때는 찰나고, 안 좋은 일은 영원할 것 같습니다. 모든 건 지나간다는 걸 깨달았습니다. 그리고 원래 인생은 힘들다는 것도 알게 되었지요. 있는 그대로 받아들입니다. 매 순간 잘 살기 위해

애씁니다. 아이들에게 떳떳하고 당당한, 닮고 싶은 엄마였으면 좋겠거든요. 누군가에게 듣고 싶은 말 제게 말합니다. '원래 인생이 그래. 쉬운 게 어디 있어. 그래도 현주야, 너 잘 살고 있어. 대단해!' 마음이 한결 편안해집니다.

02

내가 편하면 다른 누군가는 힘들다

(김혜련)

남편이 건강검진을 하는 날이다. 혈압을 재고 출력한 종이를 간호사에게 주었다. 위장과 대장내시경 검사를 위해 옷을 갈아입고 나왔다. 시계와 지갑, 핸드폰을 나에게 주며 겸연쩍은 미소를 지었다. 그동안 병원 검진은 남편 혼자 다녔다. 보호자로 따라나서기는 처음이었다. 내시경 센터로 들어가는 키 큰 남편의 뒷모습이 작아 보였다. 검진 센터 불투명한 유리문을 응시했다. 별일 없겠지만 코앞의 일도 알 수 없다는 불안감이 스쳤다. 병원에 오면 나도 모르게 긴장하게 된다. 마취에서 깨는 정도에 따라 다르겠지만 두 시간 정도 걸린다. 의자 등받이에 기대앉았다.

며칠 전, 아침 식탁에서 밥 한 숟가락을 입에 넣으려 할 때 남편이 툭 던진 말이다.

"생마늘은 사놓고 왜 안 쪄 주는데?"

그 표정 하며 말투에 화가 났다. 발끈하며 싫은 표정 지었다. 꼭 한두 가지 빼먹는 날에는 음식에 정성이 없다고 타박했다. 사랑이 없다며 나무랐다.

신혼 시절, 아침마다 녹즙을 챙겼다. 채소 다듬어 씻고 즙을 내는 일로 출근 시간이 바빴다. 녹즙 사랑에 이어 영지버섯 달인 물은 지금도 마시고 있다. 그 덕분에 감기 걸리는 일이 드물다며 매일 찾는다. 친구들은 챙겨주어도 먹지 않는 남편 때문에 속상하다 했다. 나는 건강에 좋다는 것을 잘 챙기는 남편이 고마우면서도 성가실 때가 많았다.

어느 날부터 현미 잡곡밥에 강황 가루를 넣으라 했다. 고지혈증이 있는 나에게도 좋다며.

시작은 항상 나를 위했다. 어쩌다 강황 가루를 넣지 않고 밥을 지으면 잔소리 폭풍같이 하였다. 아홉 번 잘하고 한 번 못 해도 모두 안 한 것이 되었다. 그렇게 표현했다. 밥맛이 뚝 떨어졌다. 급하게 찐 마늘을 식탁에 내놓으며 밥그릇을 치웠다. 눈치챘나 보다.

"왜, 그 말이 그렇게 기분 나쁘나?"
"비난하듯 말하지 말아요. 그런 투로 말하면 기분 나빠요."
"싫어하는 일 안 하면 되잖아?"

한 마디 더하려다 참았다. 컨디션이 안 좋은지 남편은 자꾸 짜증 내며 말했다. 아니다. 여자들 생리 주기처럼, 이 사람은 나를 불편하게 하는 주기가 있는 듯하다.

우연히 페이스북에서 '종이 달' 드라마를 보았다. 아내를 위하는 척하지만, 은근히 무시하는 남편의 말투. 많은 말을 하고 싶지만 대꾸하지 않는 그녀의 표정. 멈칫거리는 작은 행동 하나까지 남편에 대한 반응을 온몸으로 멈칫멈칫하며 표현했다. 그녀가 말했다.

"이 집에서 제일 가지고 싶은 건… 난 나. 날 갖고 싶어."

날 갖고 싶다는 말에 감정이입이 되었다. 생각했다. 온전하게 나를 갖는다는 것은 무엇일까?

전문직 여성으로 편중되게 살았다. 일을 우선으로 옆도, 뒤도 돌아보지 않았다. 직장에서 에너지를 다 쏟아내었다. 주부 역할을 잘하지 못했다. 밥솥에 밥이 없는지도 모르고 식탁을 차린 적도 있었다.

건강과 먹거리에 큰 관심을 두지 않았다. 아내가 무관심한 탓인지 남편은 관리를 철저하게 했다. 아침 기상 후 매일 스트레칭과 근력운동을 규칙적으로 했다. 식사도 정해진 시간에 먹기를 원했고 과식하지 않았다. 아내가 바쁘거나 외출 시, 끼니를 스스로 해결하는 것에 힘들어하였다. 함께 살면서 듣기 싫은 말을 내뱉기도 하고 듣기도 했다. 비판하면서 밥을 거른 나도 똑같이 대응했다. 나이 들어감에 따라 정서적으로 친밀해야 하는데 서로가 어깃장을 놓는 듯하다.

불편과 힘듦은 상호 밀접하게 연관되어 있다. 작은 불편이 힘듦으로 커질 수 있고, 힘듦이 다시 새로운 불편을 만들어내는 악순환에 빠지기 쉽다. 누구나 자신의 삶 속에서 크고 작은 어려움을 겪으며, 그 힘듦은 각자의 상황에 따라 다르게 느껴진다. 청소, 설거지, 빨래, 반찬 만들기, 분리수거 같은 기초 생활시간에서 벗어나고 싶다.

허둥거리며 남편이 내시경 센터에서 나왔다.

간호사는 어지럼증이 사라지면 건강 문진표를 작성하라 했다. 다섯 장이었다. 남편은 글씨가 작아 안 보인다며 읽어달라 했다. 문항마다 읽어 주었다. 성질 급한 나는 체크를 빨리하고 싶은데, 듣고 나서도 한참 머뭇거렸다가 대답한다. 달라도 너무 다른 성격이다. 내가 아무리 답답하고 속이 터져도 남편에겐 바꿀 수 없는 부분이 있다. 사람은 고쳐서 되는 게 아니라고 한다. 본성은 고치기 힘들다는 뜻이다. 나도 나이 들수록 더 부드러워져야 하는데 송곳처럼 뾰족해지는 경우가 많다.

강신주의 《한 공기의 사랑, 아낌의 인문학》 책 띠지에는 삶의 중요한 화두인 '사랑'을 '아낌'의 의미로 재해석하고 있다. 너를 부리기보다는 나 자신을 부리겠다는 것. 너를 수고스럽게 만들기보다는 나 자신을 수고스럽게 하겠다는 것. 너의 몸을 움직이게 만들기보다는 나 자신의 몸을 움직이겠다는 것. 너는 쉬고 내가 움직이겠다는 것. 그래서 너의 수고와 고통을 내게로 고스란히 가져오겠다는 것. 바로 이것이 '아낌'이라는 개념이, 말이나 정서에만 머물기 쉬운 '사랑'이라는 개념과 달라지는 지점이다.

아낌은 그 사람 대신, 혹은 그 사람을 위해 기꺼이 감당하는 수고와 노동. 즉 사랑을 증명하는 행동이기 때문이다.

아낌이라는 말에 마음이 촉촉해졌다. 아낌을 받고 싶었다. 적어도 따뜻한 말 한마디라도 듣기를 원했다. 남편은 나를 사막에서도 살아남을 사람으로 여기는 것 같다. 나는 원더우먼이 아니다.

남편에게로 기울어진 삶은 불편하였다. 서로에게 중요한 건 다정한 말과 가사노동의 균형이다. 가사노동은 부부가 같이 협력하면 쉽게 해결할 수 있다. 문제는 너무 한쪽에 치우치거나 아예 안 하려 할 때 갈등이 생긴다. 정당한 이유 없이 도움을 거절할 때는 섭섭하다.

그동안 나만의 무게를 지고 살아왔다. 집안일부터 균형을 이루지 못하면, 나중에는 고갈된 에너지를 채울 여력도 없어질 것 같다. 그 무게가 조금 더 가벼워지는 법을 찾고 싶다. 누군가가 편하면 다른 누군가는 힘들어진다. 호락호락하지 않은 힘든 인생을 살아내고 있다.

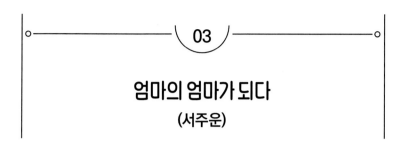

엄마의 엄마가 되다

(서주운)

"엄마가 여태 안 들어왔어, 어떡하냐!"

서울에서 교육을 듣고 오는 길이었습니다. 집 현관문을 열고 들어서는데 핸드폰이 울렸습니다. 다급한 아빠의 목소리가 들렸습니다. 평소 잠깐 외출하더라도 다섯 시면 들어온다는 엄마가 여태 오지 않았다고 했습니다. 시계를 보니 저녁 여덟 시가 다 되어 갑니다. 머릿속이 하얘졌습니다. 갑자기 심장이 빨리 뛰기 시작했습니다. 벗으려던 신발을 다시 신고 나가 차 시동을 걸었습니다.

엄마는 아픕니다. 올해 나이 80세. 치매를 앓고 있습니다. 기억력, 인지력 저하. 알츠하이머 치매입니다. 지금 어디에 있을지, 누구와 함께일지, 어느 길을 헤매고 다닐지 아무도 모르는 일입니다.

언니한테 전화가 왔습니다. 아빠 연락받고 형부랑 같이 가는 길이라 했습니다. 일단 언니에게 '문창 시장' 근처로 가보라고 말했습니다. 엄마가 자주 가는 곳입니다. 나는 엄마가 사는 아파트로 향했습니다. 무슨 정신으로 운전했는지 모르지만, 엄마를 찾을 거라는 확신은 있었습니다. 그 확신이 전해졌는지 반 정도 갔을 때 다시 전화가 왔습니다. "엄마 찾았어!"

　아빠는 아파트 주변을 찾아 헤매다 길이 엇갈릴까 싶어 멀리 나가지 않고 엄마가 오기만을 기다렸다고 했습니다. 나와 통화 후 이대로는 안 되겠다 싶어 문창 시장 쪽으로 가보았답니다. 가는 길에 엄마랑 비슷한 사람이 보여 황급히 다가갔더니 마침 엄마가 맞더랍니다. 여자 경찰이랑 같이 있었다고 합니다. 다행입니다. 아빠는 엄마 찾았으니 됐다며 시간도 늦었는데 빨리 집으로 가서 아이들 챙기라고 했습니다. 차를 돌릴 수 없었습니다. 엄마를 보고 가야 마음이 놓일 것 같았습니다.

　엄마는 소파에 아이처럼 얌전히 앉아 있었습니다. 나를 보고 어떻게 늦게 왔냐며 반겼습니다. 좀 전에 언니도 봤다고 함박웃음을 지었습니다. 웃고 있었지만, 눈은 퀭하고 두 볼은 쏙 들어가 있었습니다. 몸은 지치고 힘들어 보였습니다. 여태 밥도 못 먹고 낯설다 싶은 곳에서 모르는 사람과 있었으니 마음 졸였겠지요. "엄마, 배 안 고파?"라는 말에 괜찮다며 손을 흔들어 보였습니다. 아빠는 엄마 밥 먹일 테니까 늦었다며 아이들 걱정에 빨리 가라고 성화였습니다. 그 성화에 밥 먹고 편히 주무시라고 말하며 나올 수밖에 없었습니다. 내일 일찍 오겠다는 말을 남긴 채 무거운 발걸음을 옮겼습니다. 놀란 가슴 다행이다 싶었지만, 점점 치매 증상이 심해지는 엄마를 보니 마음이 아팠습니다. 속도를 조금 높여 운전했습니다. 비가 내리는지 앞이 잘 보이질 않았습니다. 와이퍼를 작동시켰습니다. 여전히 눈앞은 뿌옇기만 했습니다.

일상에서 깜빡깜빡하는 일이 많아졌습니다. 어디에다 뒀는지 잘 모르겠다는 말을 자주 했습니다. 이야기 나누면서도 말을 쉽게 이어가지 못했습니다. 자주 쓰던 단어가 떠오르지 않아서 "그게 뭐지? 있잖아, 그거!" 하며 대명사로 대신했습니다. 돈 계산에도 밝았던 엄마는 오만 원을 오천 원이라 하고, 꽃무늬 있는 분홍빛 셔츠를 천원 두 장에 사 왔다고 말했습니다. 만원 두 장이겠지. 그저 추측할 뿐이었습니다. 명절에는 오랜만에 본 막내아들을 보며 "아저씨는 누구세요? 오늘 처음 보네."라고 말했습니다. 순간 세상이 멈춘 듯했습니다. 가족들은 놀란 토끼 눈으로 서로를 바라보았습니다. "엄마 막내아들이잖아!"
치매 증상이 하루가 다르게 잦아지고 강도도 점점 심해졌습니다. 매일 다니던 길을 잃어 헤매고 집도 찾아오지 못하다니.

엄마가 길을 잃고 헤매던 그날 이후 매일 아침 엄마 집에 갔습니다. 엄마를 돌보기 위해서입니다. 도착하면 오전 10시 30분쯤 됩니다. 엄마 안색을 살피고 아침밥 먹었는지 물어봅니다. "그럼, 벌써 먹었지!"라고 대답합니다, 옆에 앉아 있던 아빠가 한마디 합니다. "이 사람 먹긴 뭘 먹어?" 밥을 줘도 잘 안 먹고, 저렇게 안 먹었으면서 먹었다고 말한다 했습니다. "엄마! 밥을 잘 먹어야지 아프지 않고 건강하게 오래 살아요. 이것 봐! 엄마가 밥을 잘 안 먹으니까 자꾸 마르잖아."라고 평소 하지 않던 잔소리를 해댔습니다.

근처 식당에 가서 이른 점심을 먹기로 했습니다. 엄마가 좋아하는 돼지갈비랑 냉면을 파는 곳입니다. 엄마 겉옷을 챙기고 옷매무새를 만져줍니다. 집을 나와 큰길 지날 때는 차 조심하라고 말합니다. 빨간 불에 몸을 앞으로 기울이는 엄마의 팔을 잡았습니다. 차가 오나 안 오나 잘 살피고 초록 불일 때 천천히 걸어가라고 당부합니다. 식당에 들어가 갈비 3인분과 냉면을 주문했습니다. 갈비를 잘 구워 먹기 좋게 잘라 숟가락 위에 올려주었습니다. 냉면은 가위로 두 번 자르고 식초와 겨자를 두세 방울씩 떨어뜨려 잘 섞어서 엄마 앞에 놓아주었습니다. 가끔 엄마의 입가를 냅킨으로 닦아주었습니다. 조금 먹고는 이젠 배불러서 못 먹는다고 합니다, 한 숟가락만 더 먹으라고 했습니다. 못 이기는 척 남은 한 숟가락을 마저 드십니다. 다 먹고 의자를 밀고 일어나 나오는 데도 한참 걸립니다. 팔을 부축하고 손을 잡아 드립니다. 부드럽고 포근했던 엄마 손이 말라서 거칩니다. 주름으로 가득합니다. 발 보폭에 맞춰, 느린 걸음으로 같이 걷습니다. 나 어렸을 때 엄마가 천천히 걸어주었듯.

집에 와서는 약을 챙깁니다. 그래도 약을 먹으니 증상이 한결 나아진 듯합니다. 더 나빠지지 않기를 바랄 뿐입니다. 엄마 지금 몇 시야? 일부러 엄마한테 시간을 물어봅니다. 엄마는 시계를 한참 들여다보고는 "지금? 1시 30분 아니냐?"라고 대답합니다. 오~ 맞았다고 환호와 박수를 보냅니다. 그것도 몰라 하며 어이없다는 듯 웃습니다. 엄마! 엄마가 입고 있는 이 옷 색깔이 뭐야? 또 물어봅니다. "뭐? 색깔이 뭐여? 무슨 말인지 몰라, 엄마는." 아니. 바나나는 노란색이잖아. 엄마가 입고 있는 이 옷 색깔이 뭐냐고? 다시 묻습니다. "글쎄, 모른다." 하는 말에 빨간색이라고 말해주면 "잉? 빨간색? 응, 그러네. 빨간색! 너는 어떻게 그렇게 잘 아냐?" 합니다.

기억력, 인지력을 높이기 위한 놀이 아닌 놀이를 하다 보면 어느새 3시가 훌쩍 넘어갑니다. 간식으로 엄마가 좋아하는 두유랑 빵을 챙겨드립니다. 아빠는 엄마 때문에 시간 뺏겨서 어쩌냐며 애들 올 시간 다 되었으니 얼른 집에 가보라고 합니다. 그러고 보니 막내딸 올 시간이 다 되어 갑니다.

"엄마! 아빠가 밥 주면 남기지 말고 꼭꼭 씹어서 다 먹어요. 잠깐 바람이라도 쐬러 나갈 때는 옷 잘 챙겨 입고. 밖에 나가면 항상 차 조심하고. 차길 건널 때는 반드시 초록 불일 때 건너고. 엄마! 알았지?"

엄마가 여덟 살 나에게 했던 말들을 이젠 내가 여든 살 엄마에게 합니다. 그렇게 나는 엄마의 엄마가 되었습니다.

'고통은 사람을 성장시킬 수 있으며, 근심은 사람을 더욱 성숙하게 만든다. 사는 게 쉽지 않다는 걸 명확히 알아야 자신이 가지고 있는 모든 것을 아끼고 사랑하게 된다.'

쇼펜하우어의 말입니다. 고통 없는 삶은 없지요. 사는 건 힘든 일입니다. 나는 내일 또 엄마 집에 갑니다.

04

딱 하루만 슬퍼해요
(서한나)

　초등학교 4학년, 대여섯 명이 함께 놀았습니다. 지아는 돌아가면서 친구들을 따돌렸습니다. 이유는 지아만 압니다. 우리를 불러 모아 "오늘부터 민서랑 놀지 마."라고 말합니다. 왜냐고 묻는 아이 한 명도 없습니다. 지아 말을 잠자코 따랐지요.

　엄마가 허리 수술로 집 근처 병원에 입원했습니다. 학교 다녀와서 엄마에게 갔습니다. 병실 침대에 누워있는 엄마. 저는 엄마 곁에 앉았지요. 병실 문이 열립니다. 채원이와 채원이 엄마가 서 있습니다. 채원이는 유치원 때부터 친구입니다. 옆 건물에 살아 부모님도 서로 아는 사이지요. 채원이와 눈이 마주쳤습니다. 멀뚱하게 채원이를 쳐다봤습니다. 엄마 인사에, 옆에 있던 저는 어색하게 손을 흔들었지요. 병실 안에서 엄마들 수다가 시작됐습니다. 애들끼리 놀라는 말에 채원이와 병실 밖으로 나갔습니다. 복도 벤치에 앉아 한참을 가만히 있었습니다. 정적을 깬 채원이의 한마디. "학교에서는 지아 때문에 말할 수가 없네." 머리를 긁적이며 어색하게 웃습니다. 채원이는 학교 끝나고 집에 오면 같이 놀자고 말했습니다. 제가 따돌림을 당하는 상황. 괜히 편들었다가는 채원이가 다음 순서가 됐겠지요. 저도 채원이가 따돌림을 당할 때, 도와주지 못했습니다. 학교에서는 모른 척. 하교 후 서로의 집에서 놀았습니다. 밖에서 놀다가 지아를 만나면 안 되니까요. 학교 가기 싫었습니다. 따돌림당한다고 말 못 했습니다. 배나 머리가 아프다고 핑계 댑니다. 엄마는 말짱한데 아프다고 하니, 아파도 학교 가서 아파하라며 가방을 줬지요. 책가방을 메고 집을 나섭니다. 십 분이면 가는 거리를 돌아서 갑니다. 괜히 놀이터에 가서 앉아 있기도 하고요. 쉬는 시간, 엎드려 자는 척합니다. 놀 친구가 없으니까요. 밤에 자려고 누우면 눈물이 흘렀습니다. 울음소리가 나면 안 되니, 라디오를 켰습니다.

전학생이 왔습니다. 윤서입니다. 단발머리에 안경을 쓰고, 얼굴이 하얀 여자아이입니다. 윤서도 따돌림에서 예외는 아니었습니다. 따돌림이 시작된 며칠 뒤 쉬는 시간. 지아는 교실 뒤 온풍기 앞으로 우리를 불러 모았습니다. "이제부터 윤서랑 잘 지낼 거야. 너네도 그렇게 해. 어제 윤서 엄마가 학원 앞으로 와서 돈가스 먹었어." 윤서는 따돌림을 당하고 있다고 엄마에게 말했더라고요. 지아와 윤서는 ECC라는 영어학원을 다녔습니다. 윤서 엄마는 학원 마치는 시간에 가서 기다렸다가 지아를 만난 것이지요. 윤서랑 잘 지내달라고 부탁하는데, 어쩔 수 없잖냐는 지아의 말. 그 이야기를 듣고 허무했습니다. 이렇게 쉽게 해결할 수 있는 문제인 줄 몰랐습니다. 윤서가 부러웠습니다. 따돌림에서 해방됐으니까요.

학년이 끝날 때까지 지아의 대장 노릇은 계속됐습니다. 윤서 외에는 아무도 자유로울 수 없었습니다.

직장동료 민수와 몰래 연애하기로 했습니다. 회사는 보는 눈이 많으니, 당분간 비밀로 하자고 하더라고요. 회사 선배에게 들었던 이야기. 관리자들이 사내 연애를 꺼린다고 했습니다. 괜히 눈 밖에 나는 일 만들기보다 조용한 게 낫겠다 싶었지요.

버스 타고 퇴근하는 길, 대로변 가로등마다 금난새 현수막이 붙어 있습니다. 장소를 보니 아람누리입니다. 공연 관람을 하고 싶었습니다. 민수와 같이 가면 좋을 것 같아 물어봤지요. 민수는 클래식은 관심 없다고 했습니다. 싫다는 사람을 데리고 갈 수는 없으니, 한 자리만 예매했습니다. 관람 전 문자를 보냈습니다. 마치고 연락하겠다고요. 민수는 친구 아버지가 돌아가셔서 장례식장에 간다고 했습니다. 공연이 끝나고 난 뒤, 버스를 기다리며 문자 보냈습니다. 집에 가는 길이라고. 버스로 40분 정도 걸립니다. 가는 동안 핸드폰 액정을 몇 번이나 들여다봤습니다. 답이 없습니다. 장례식장에 갔으니, 핸드폰 확인 못 하나보다 했지요. 토요일 아침. 눈 뜨자마자 핸드폰부터 봤습니다. 연락이 없습니다. 일요일 밤. 자려고 침대에 누웠을 때 별별 생각이 다 들었습니다. 왜 연락 없는 걸까. 어떤 의미인가. 내일 회사에서 만나면 어떡하지. 자려고 누웠지만 잠들지 못했지요. 월요일 아침. 회사에 출근했습니다. 사무실 문에 난 작은 창으로 민수가 보입니다. 심장이 빨리 뜁니다. 아무렇지 않은 척하려 했지만, 얼굴이 굳어집니다. 화끈거렸지요. 손잡이를 잡는데, 손에 땀이 나더라고요. 문을 열고 인사했습니다. 민수는 자기 모니터만 보고 있습니다. 자리로 가서 앉았지요. 컴퓨터 전원을 켰습니다. 일지 작성을 못 했습니다. 화면만 쳐다보고 앉아, 땀만 흘렸지요. 도무지 일이 손에 잡히지 않았습니다. 사무실에 앉아 있기가 민망했습니다. 이용자들이 올 시간은 한참 남았지만, 교실로 갔습니다. 교실 안에 있던 봉사자. 제 얼굴을 보더니, 무슨 일 있냐고 얼굴이 안 좋다고 했습니다. 속사정은 말하지 못하고, 피곤해서 그런가 보다 하고 얼버무렸습니다.

복도에서 민수와 마주쳤습니다. 그냥 지나쳐 버리더라고요. 저도 뭐라 말하지 못했습니다. 민수가 하는 수업에 우리 이용자들이 참여합니다. 어쩔 수 없이 마주쳐야 하는 상황. 수업 시간 내내 땅만 쳐다봤습니다. 신발로 바닥을 툭툭 치면서 서 있었지요. 문자 보내는 척도 했습니다. 대체 왜 그러냐고 묻고 싶은 마음이 들었습니다. 입속을 맴돌 뿐 말을 꺼내진 않았습니다. 답답했습니다. 이유라도 알고 싶었지요. 하지만 물어볼 용기는 없었습니다. 이유는 몰라도 결과는 정해져 있는 상황이었으니까요. 결과를 돌릴 수 있는 상황도 아니라고 생각했습니다. 그렇게 석 달 만에 끝이 났습니다.

살면서 힘든 일, 어려운 일을 겪습니다. 당시 감정, 현재까지 계속되지 않습니다. 감정이 계속 선명했다면, 초등학교 4학년 이후 지금까지 불행했을 겁니다. 2012년 이후로 계속 배신감에 시달렸겠지요. 20대 때 '하루만 슬퍼하라'는 이야기를 들은 적 있습니다. 이해하기 어려웠지요. 지금은 어떤 의미로 그 말을 하는 것인지 알 것 같습니다. 예전 일은 잘 기억나지 않습니다. 반추하며 힘들어하지도 않고요. 이 글을 쓰면서 그 당시를 떠올렸습니다. 기억만 있을 뿐, 현재 나에게 영향을 미치지 못합니다. 오히려 너무 슬퍼했다는 사실이 안타깝기도 합니다. 지금도 슬픈 일이나 힘든 일은 계속 있습니다. 다만, 예전과 받아들이는 자세가 달라졌지요. 감정을 빨리 털어버리려고 노력합니다. 매번 잘 되는 것은 아닙니다. 며칠씩 속상할 때도 있지요. 계속 일이 떠오르기도 합니다. 하지만 노력하다 보면 언젠가는 하루만 슬퍼하는 날이 더 많아질 겁니다. 나는 하루 이상 슬퍼하지 않는 사람이 되기로 했기 때문입니다.

나를 버려낼 수 있는 힘을 준 건 가족이었다
(석승희)

지금부터 살면서 결코 꺼내고 싶지 않았던 이야기를 하려 한다. 지금 와서 생각해 보면 한여름밤의 꿈 같은 경험이었다. 그것도 악몽이었다. 여대를 다녔던 나는 이성에 관심이 없었다. 동갑부터 최대 여섯 살 많은 언니와 열 명이 무리 지어 어울렸다. 다양한 삶을 살아왔던 언니들이 이끌어주는 대학 생활은 재미있고 여러 가지 추억을 만들어 주었다. 졸업 후 이른 사회생활을 시작한 나는 회사와 집만 오고 가는 일상을 보냈다. 대학 들어가기 전까지도 학교와 집, 그리고 도서관, 학원. 어쩌다 종로서적이나 영풍문고에 가는 것이 전부였다. 그야말로 온실 속의 화초였다.

그러다가 스물여섯 처음 남자를 만났고, 그 남자에게 모든 것을 맞췄다. 100퍼센트 맞춰주는 것이 사랑이라 착각했다. 만남을 이어가다 덜컥 아이가 생겨버렸다. 주변 어른들은 아이를 지우라고 조언하셨지만 생명을 포기할 수 없었다. 그래서 혼전임신으로 결혼하게 되었다. 임신 6개월이 될 때까지 모른 것이다. 사람을 몰랐

고 참 무지했다. 배가 부른 상태로 웨딩드레스를 입었다. 홀 시어
머님과 시누이와 함께 사는 결혼생활이 시작되었다. 점점 배도 무
거워져 가는데 낯선 환경의 생활이 창살 없는 감옥 같았다. 같이
살았던 시간은 두 달 반이었다. 퇴근하고 집에 돌아오면 양말을
벗고 거실을 돌아다니며 버석버석하다고 걸레질하게 했다. 시어머
님 방문을 열고 먼지 냄새가 난다고 하질 않나, 오밤중에 별안간
전자레인지를 청소하라고 하질 않나. 이해가 안 가는 행동을 했
다. 어느 날 시어머님과 마트에서 사 온 스테인리스 쓰레기통을
자신은 본래 쓰던 노랑 병아리 휴지통이 좋다며 괴팍하게 성질을
내고 무섭게 찌그러뜨려 버렸다. 가족들은 두려움에 벌벌 떨었다.
그렇게 행동해도 어머님은 아무 말씀도 못 하셨다. 한번은 이런
일도 있었다. 부엌 가위를 들고 자신을 스스로 찌르겠다고 협박
을 한 적도 있었다. 제사 준비 날이었는데, 시어머님을 도와드리
지 않는다고 잠시 침대에 누워있는 나를 발로 차기도 했다.

　몸이 힘들어져 출산 전에 친정집에서 지냈다. 떨어져 있는 동안
몇 번 찾아오지 않았다. 아이를 낳고 친정에서 몸조리하는 동안
에 그 사람은 중국 출장 일정이 있었다. 시어머님이나 시누이 전
화도 없었다. 구정 무렵 아이가 보고 싶을 것 같아 친정 가족 모
두 아이를 데리고 시댁에 갔다. 그런데 신혼 방안이 휑한 것이 뭔
가 이상 했다. 세상에. 내가 혼수로 해 간 침대를 본인이 허리가
아프다고 나에게 한마디 상의도 없이 팔았다질 않는가. 오십만 원

이라는 헐값으로. 기가 막혔다. 화가 나서 바로 그 길로 다시 친정 집으로 왔다. 몸조리가 끝나고 시댁에서의 생활이 다시 시작되었다. 아이가 백일을 며칠 앞둔 즈음 비가 억수같이 내리는 새벽 결혼 액자를 부수고 포악해진 그 사람을 피해 밖으로 나온 나는 친정 부모님께 공중전화를 걸었고, 바로 택시를 타고 나를 데리러 오셨다. 아이와 마지막 순간이었다. 매일 핸드폰 문자로 언어폭력이 극심했다. 잠깐 어리석은 생각도 했었다. 폭력을 치료해보는 건 어떨까 생각도 했고 종교 단체에 무료 상담도 받으러 가봤다. 현재는 세상을 떠나신 행복 전도사 최윤희 작가님께 메일을 보내기도 했다. 나의 사연을 읽어보시고 내 딸이라면 뭐라고 말해줄까 고심하며 장문의 답 메일을 주셨다. 만 번도 더 고민했다. 그런데 앞으로 50년을 살 자신이 없었다. 이혼하기로 했는데 합의 이혼을 위한 법원 출석을 세 번이나 미뤘다. 그리고 네 번째 마지막으로 법원에 함께 갔다. 그날 법원 정문 앞에서 지나가는 사람들 들으라는 듯 아 아이를 버리고 갔다며 소리소리 지르고, 항상 책을 한 가득 들고 다니던 책가방을 나를 향해 내리쳤다. 또 무슨 해코지를 할지 혼자 집에 오는 것이 무서워 외삼촌이 오셔서 같이 집에 돌아왔다. 예측불허인 사람이라 대비책으로 정형외과에 가서 진단서도 끊어 두었다. 그렇게 잘못된 인연은 끝을 맺었다.

그 일로 나는 체중이 십 킬로 감량되었다. 산 송장 같은 상태로 입원하기 일보 직전이었다. 당시 친정집이 아파트 15층이었다. 뛰어내릴 마음도 먹었는데 마지막 순간 용기가 나질 않았다. 죽으려는데도 엄청난 용기가 필요한 거구나 그때 깨달았다. 코미디, 개그 프로그램을 보며 웃으려고 노력했고 불륜 소재 일색이던 아침 드라마를 보고 감정 이입하며 대리만족했다. 부부관계, 인간관계, 심리학에 대한 책을 닥치는 대로 읽었다. 정신과 의사인 저자가 쓴 책이 재미있었다. 책을 읽을수록 내가 모르는 게 많았었구나 알아가기 시작했다. 책에서 말해주는 성향을 주변 사람들에 대입해보면 맞는 내용들이 신기했다. 법륜스님의 저서를 열 권 몰입해서 읽기도 했다. 책을 읽으면서 스스로 이겨냈다. 대학 이전의 친구들과 모두 연락을 끊어 버렸다. 나의 소식을 전하기 싫었다. 자존심이 강했는데 내려놓게 되었고 무엇보다 선입견이 없어졌다. 심하게는 살인에도 이유가 있다 생각하게 되었다. 그리고 모든 사람을 같은 시선으로 바라보게 되었다. 더 좋고 싫은 게 없이.

한 살 차이 남동생이 있는데 무뚝뚝 그 자체이다. 내가 겪은 일을 알고 화가 나서 그 사람 회사가 어디냐고 소리쳤다. 당장 회사로 찾아가 죽여버리겠다고 말했다. 그게 무슨 의미가 있냐고 말렸다. 아무 연락 없이 조용히 잘 살기만을 바랐다. 평소 말이 없고 표현도 안 하는 남동생의 그런 모습을 보고 가슴이 뭉클했다. 눈물이 날 것 같았다. 얼마 동안 사람들을 만나지 않고 지냈다. 내가 왜 이런 일을 겪어야 했나 스스로 자책하고 지우고 싶다고 생각했다. 반면에 철저히 잊으려고 애쓰기도 했다. 기억력이 좋은 편에 속하는데 염원하던 마음이 닿았는지 정확히 기억나지 않는 일이 많다. 그럼에도 건강한 정신으로 살 수 있었던 건 나를 있는 그대로 바라봐주는 가족들의 힘이 컸다. 아픔을 공감해주고 염려해주는 모습에 고마웠다. 어려운 일이 있을 때 의지할 건 가족밖에 없구나. 절실하게 느꼈다. 이모들, 외삼촌, 친정엄마, 친구분들. 나를 걱정해주고 사랑해주는 이들이 많다는 걸 느꼈고 앞으로 잘해야겠다 마음먹었다. 가족이 없었다면 힘든 시간을 극복해낼 수 있었을까 질문해본다. 아마 어려웠을 것이다. 가족들 덕분에 지금의 내가 있기에 살아가는 동안 잘하려고 한다.

06

핸드폰이 조용해졌다
(이경숙)

보험 회사에서 보험 판매하는 일을 6개월 정도 했다. 아무 일도 하지 않고 집에만 있다가는 가슴이 터져 버릴 것만 같아서였다. 오빠가 몇 달 만에 세상을 떠났다. 하루에도 산을 세 개씩 넘으며 산삼도 캐고, 실경산수 스케치도 했었는데. 가난한 화가여서 보험조차도 없었다. 마음껏 치료도 받지 못한 채 허망하게 갔다. 친정어머니 때와 다르게 아렸다.

친정어머니는 내 나이 스물여덟에 세상을 뜨셨다. 1년 정도 암투병하며 잠깐 좋아졌다가 재발해서. 돌아가시기 한 달 전, 돌 안 된 큰아이를 데리고 친정에 가 어머니를 간호했다. 통증이 너무 심해 진통제 주사를 맞아야 하는데 바늘 꽂을 데가 없었다. 일반 바늘은 안되었다. 가는 주삿바늘인 '나비침'으로 진통제를 맞았다. 나비침은 주삿바늘 양옆에 얇은 날개처럼 하얀 게 달려 있다. 팔은 이미 혈관이 보이지 않을 정도로 약해있다. 얇은 나비 침이어도 손등이나 발등 쪽에만 맞을 수 있었다. 진통제를 맞아도 한시도 참지 못할 만큼 아프다고 힘들어할 때면 좋지 않은 생각도 했다. 저렇게 힘들게 통증을 견디느니 편히 쉬실 수 있으면 좋겠다고. 어머니가 돌아가셨을 때, 잠시 정신을 잃을 정도로 힘들었다. 여자 형제도 없는데 어머니마저 일찍 돌아가셨다면서 주위에서 안타까워했다.

오빠가 떠났을 때는 또 다른 슬픔이었다. 부모님은 나보다 먼저 돌아가실 거라 예상하지만, 형제는 아니었다. 오빠가 간다면 나도 곧 그럴 것 같은 생각이 들었다. 날다람쥐처럼 하루에도 산을 몇 개씩 넘던 사람이다. 6개월도 안 되어서 떠나다니. 곧 내 차례겠구나.

집에서 학생들을 가르친 지 십 년이 되던 때였다. 오빠 떠날 무렵, 새로운 동네로 이사 오면서 그동안 해오던 일을 모두 그만두었다. 일이 없으니 집에만 있었다. 늘 정신없을 만큼 바빴는데 집에만 있으려니 심장이 문드러지는 듯했다. 숨이 잘 쉬어지지 않을 때도 있었다. 뭔가를 하지 않으면 미칠 것만 같았다. 이사하기 두어 달 전, '제발 시험만 봐달라'고 옆집 아줌마가 부탁해 보험 판매 시험을 본 적 있었다. 같이 시험 준비했던 숙희 언니가 전화해 왔다. 보험 판매 활동을 같이 해보자고. 그때는 어떤 구실로라도 집 밖으로 나가고 싶은 생각뿐이었다. 일하기 위해서가 아니라 마실 다니듯 돌아다니고 싶었다. 누군지 모르는 사람이라도 만나서 그냥 말을 하고 싶었다. 고객을 만났을 때는 보험도 없이 갑자기 세상을 떠나야 했던 가난한 화가 이야기를 들려주었다. 누구나 보험의 보호를 받길 바라는 일종의 사명감을 가지고 일했다. 오빠처럼 그렇게 가지 않기를 바라는 간절한 마음으로 보험을 권했다.

6개월 지날 무렵 고등학교 친구 숙이가 남편 보험을 들겠다고 연락해왔다. 아직은 자신이 돈을 벌고 있기에 액수를 크게 해서 보험에 가입하고 싶다고. 보험 가입 후 승인 나기를 기다렸다. 승인 거절되었다. 숙이 남편이 동네 한의원에서 허리 치료를 받은 적이 있어서 거절한다고. 숙이에게 물어보니 보험 가입하기 1년 전, 1주일 정도 허리 치료를 받았다고 했다. 시골에 다녀오면서 쌀가마니를 싣다가 허리를 삐끗했다고. 그 일로 보험 가입이 거절되었다. 숙이 남편이 50이었던 때였다. 보험 거절을 당하면 이후에는 어떤 보험에도 가입할 수 없다는 규정이 있었다. 앞으로 숙이 남편이 받을지도 모를 보험 보장을 내가 막은 게 아닌가 싶어 속상하고 미안했다.

또 개인정보보호법이 강화되었던 시절인데, 무단으로 개인정보를 가지고 동네 한의원에서 치료받은 사실을 밝혀낸 보험 회사 직원에게 따지고 싶었다. 당장 찾아갔지만, 담당자를 만나지 못했다. 친구에게 미안한 마음 반, 회사 직원에 대한 반감 반으로 보험 회사를 그만두었다. 보험 일을 그만두었어도 숙희 언니에게 가끔 전화 왔다. 매일 조회 시간에 지점장이 내 얘기를 한다고. 다른 사람이 퇴사하면 줄줄이 계약 해지 되는데 이경숙은 퇴사했어도 아무도 해지하지 않았다고. 다들 그렇게 제대로 판매해야 한다고 말해 아주 귀에 딱지 않을 것 같단다. 회사 나온 후 1년이 훨씬 지난 이듬해 추석에 지점장에게서 명절 선물을 받았다. 여전히 아무도 계약 해지하지 않아 고맙다는 편지와 함께.

보험 회사를 그만두고 학원을 인수했다. 보험 회사로 이끌었던 숙희 언니가 자기 고객 중에 학원을 네 개나 운영하는 사람이 있다고 했다. 그 고객을 만날 때마다 선생님 구하는 일로 힘들어하더라며 강사 자리가 있는지 알아보자고. 강사로 일하기에는 나이가 너무 많으니 학원을 인수해보라고 했다. 앞뒤 잴 것도 없었다. 학생 가르치는 일은 대학 때부터 좋아하던 일이다. 잠시 접었던 '가르치는 일'을 다시 할 수 있다는 것만으로도 좋았다.

지금 생각해보면 나는 진정한 원장이 아니었다. 다른 원장들만큼 학원 운영을 잘하지 못했다. 학생들 '가르치는' 일만 좋아했다. 다른 학원장들이 혹시 그 학원은 영재 아이들만 키우는 학원이냐고 물을 정도로 공부시켰다. 그럼에도 아이들이 성과 낸 내용을 마케팅으로 연결할 줄 몰랐다. 방학 특강이나 정규 수업 프로그램을 기획해 수업하면 그걸로 끝이었다. 다른 원장들은 내가 했던 내용을 읽어보기만 해도 학원생 모집하는 전략으로 바꿔서 많은 학생을 유치했다는데. 새롭게 아이디어를 내어 가르친 내용을 학원장 밴드에 남기면 똑같은 방식으로 몇천만 원씩 벌었다고 자랑하던 원장들도 있었다. 영어 말하기 대회에 참가해 미국 아이비리그대학 탐방에 다녀온 아이들도 몇 명이 있었건만, 그것조차도 제대로 활용하지 못했다.

열심히 하지만 눈에 띄는 성과가 없으니 학원 일에 더 매달릴 수밖에 없었다.

아침 10시까지 출근한다. 전날 확인하다 남겨뒀던 아이들 학습 결과물을 펼쳐본다. 잘못된 부분을 표시해 담당 선생님 책상 위에 올려놓는다. 학생들은 열두 시 반부터 등원이다. 잠시도 한눈 팔 시간이 없다. 빨리 마치지 못하는 아이들 독려해가며 다음 학원에 갈 시간을 알려준다. 자기 주도 학습 방식이라 그날 해야 할 분량을 마치는 건 아이마다 다르다. 빨리 끝내는 아이들은 시간 안에 마치고 더 공부하기도 한다. 그러지 못한 학생들은 다음 학원 가야 할 시간도 넘겨버린다. 아이마다 다음 학원 일정까지 외우고 있어야 한다. 간혹 챙기지 못하면 엄마에게 연락이 온다. 빨리 보내 달라고. 전화 받지 않으려면 2, 30분 전부터 아이를 챙겨야 한다. 아이가 서둘러 마칠 수 있도록. 선생님들은 일곱 시에 퇴근한다. 선수 지망생들은 운동 연습 끝난 후에 등원한다. 저녁 일곱 시가 넘은 시간에. 그 아이들은 여느 학원에 다닐 수 없다. 맞는 수업 시간이 없어서. 선수 아이들까지 보내고 청소를 시작한다. 청소 후, 학원 온라인 시스템에 접속한다. 학생들이 수업 중에 녹음했던 내용도 들어보고 성취도 평가 결과도 열어본다. 원어민이 하는 대화나 읽기를 제대로 따라 녹음했는지, 시험 문제는 정확하게 풀었는지. 일일이 살펴야 한다. 온라인 점검이 끝나면, 학생들이 두고 간 학습교재 가방을 열어서 확인한다. 모든 아이 교재 점검을 하기엔 시간이 부족하다. 남은 건 다음 날로 미룰 수밖에 없다. 학원 문을 나서면 밤 열 시가 넘는다.

몸이 상했다. 어디랄 거 없이 아프고 피곤했다. 2019년 초, 주변 원장들이 내 얼굴이 너무 까맣다며 병이 있을지도 모르니 병원에 가보라고 권유했다. 병원에 가봐야겠단 마음도 에너지도 남아 있지 않았다. 내가 그렇게 아끼고 사랑하던 학생들과 학원을 누군가에게 넘겨야겠다고 결심했다. 아이들을 제대로 키워줄 듯한 사람을 찾아야 했다. 학생들을 딸, 아들이라고 부르며 내 자식 키우듯 했는데. 가족보다 더 많은 시간을 같이 보냈는데. 어려운 결정을 내려야 했다. 내가 원하는 금액의 절반도 안 되는 가격이었지만 학원을 넘겼다. 학생들과 학원만이 내 모든 것인 듯 8년을 보냈는데. 내려놓아야 했다. 오빠가 갔을 때보다 힘든 듯했다. 그때는 그리 느꼈다. 슬픔은 새로울수록 커지나 보다.

아이들과 지내느라 늙을 시간도 없다고 말했었는데. 종일 울어대며 정신 못 차리게 하던 전화기가 조용해졌다. 일찍 퇴근하고 싶어 맞춰두었던 알람 소리만 밤 아홉 시에 울리며 제 역할을 했다. 정말 힘들고 지친다면 쉬어야 한다. 하루 한 번 알람만 울리던 핸드폰처럼. 꼭 필요한 최소한의 활동 빼고 그냥 쉬어도 좋다. 그래야 다시 일어설 힘이 생긴다. 원하는 일을 할 수 있는 힘이.

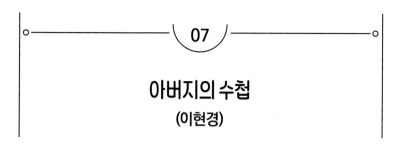

아버지의 수첩
(이현경)

수첩 여러 권을 가지고 있습니다. 가방 안에도, 노트북 옆에도, 책상 위에도 자리 잡고 있습니다. 강의 들을 때나 공부할 때 사용하는 수첩도 있지요. 글쓰기 수업을 메모하는 수첩부터, 하루 일정 관리를 하는 바인더도 쓰고 있습니다.

최근에는 딸이 선물해 준 수첩을 들고 다닙니다. 딸이 표지에 그림을 그려준 수첩인데, 엄마와 똑같이 나눠 쓰고 싶다며 두 개를 사서 선물해 주었습니다. 수첩을 볼 때마다 그림을 한 번 더 들여다보게 됩니다. 손바닥만한 크기라서 금방 다 쓸까 봐 아껴서 적고 있습니다. 떠오르는 생각이나 중요한 말을 기록하는 공간입니다.

수첩은 일정과 생각을 적는 용도로 사용합니다. 생각을 놓치지 않기 위해 수첩에 기록해 두면, 시간이 지나면서 다른 경험과 연결되기도 합니다. 예전에, 수첩에 적어둔 메모가 글쓰기 프로그램을 만드는 데 도움이 된 적도 있습니다. 하루에도 수십 가지 생각이 떠오릅니다. 저녁 반찬이나 아이 간식 같은 일상적인 메모부터 이번 달에 읽을 책 목록, 독서 모임 발제도 적습니다. 이렇게 적어둔 내용이 아이디어의 시작입니다. 적어두지 않으면 금세 잊어버리기 때문에, 생각이 떠오를 때마다 수첩을 꺼내 바로 적습니다. 가끔은 스마트폰의 메모장을 활용하지만, 얼마 전 스마트폰 메모가 메모리에서 지워진 경험이 있어서 그 이후로는 종이 수첩이 더 좋습니다. 작은 종이 수첩은 꺼내 보기에도 편리합니다. 저에게 수첩은 생각을 기록하는 도구이자, 중요한 일을 연결해 주는 고리입니다.

2020년 1월. 아버지가 길거리에서 쓰러져 위급하다는 연락을 받고 병원으로 달려갔습니다. 제가 도착하자마자 아버지는 응급의료센터에서 음압 격리 병실로 옮겨졌습니다. 하지만 아버지가 계신 격리 병실에 들어갈 수 없었습니다. 음압 격리 병실은 병원에서 병실 사이의 오염을 막기 위해 차단해 둔 곳입니다. 공기 감염을 예방하기 위한 병원 내 특수 시설이었습니다. 보호자로 병원에 갔는데도 출입이 쉽지 않았습니다. 의료진들은 자세한 설명을 해주지 않았고, 검사부터 했습니다. 심장 문제와 폐질환을 포함해 여러 가능성을 열어두고 검사를 진행했으며, 결핵 여부를 확인하기 위해서도 분주했습니다.

이때는 어디서나 신종 바이러스 코로나 소식으로 시끌벅적했습니다. 병원에서는 입구부터 외부인 출입을 제한했고, 중앙출입구를 제외한 다른 출입구는 모두 폐쇄된 상태였습니다. 코로나 때문에 격리된 건지, 아버지의 상태가 위급한 건지 혼란스러웠습니다. 엄마와 저는 격리 병실 문 앞에서 어쩔 줄 몰라하며 다음 상황을 지켜보고만 있었습니다.

한두 시간이 지나자 의료진 여러 명이 나와서 보호자를 찾으며, 지금 당장 기도삽관을 해야 한다고 말했습니다. 기도삽관을 하지 않으면 생명이 위독하다고 했습니다. 그때 아버지는 정신이 깨어 났고, 의료진은 수술하려면 아버지의 동의가 필요하니 가족이 아버지를 설득해달라고 했습니다. 기도삽관이 무엇인지도 모르는 상황에서, 동의서에 서명하라는 말에 당혹스러웠습니다. 상황은 긴박했습니다.

"지금 바로 사인 안 하시면, 아버님 돌아가신다고요!"

의사가 큰 소리로 말했습니다. 병실에 들어가 아버지를 만났습니다. 아버지는 수술을 절대 받지 않겠다고 고집을 부렸습니다. 당장 결정을 내려야 한다는 의사의 말에도 아버지는 계속해서 집에 가야겠다고만 하였습니다.

"이제 마지막 인사를 하세요. 폐 엑스레이를 찍었더니 하얗게 변했습니다. 폐가 막혀서, 기도삽관 하지 않으면 언제 돌아가셔도 이상하지 않은 상황입니다. 가족분들은 인사를 나누세요."

의사의 말이 사실인지 알 수 없었고, 저는 엄마의 손을 붙잡고 어쩔 줄 몰라 울기만 했습니다. 병실로 들어가 아버지를 다시 만났습니다. 아버지는 가방을 달라고 하더니, 가방에서 수첩을 꺼내 뒤적였습니다. 의사가 아버지에게도 마지막 인사를 하라고 했습니다. 엄마와 제가 옆에 있었고, 동생도 도착했습니다. 아버지는 수첩을 손에 쥔 채 우리를 바라보지도 않았습니다. 혹시 수첩에 적어둔 중요한 이야기를 꺼내려는 것일까 싶었습니다. 수첩에 뭐가 적혀있는지 아버지에게 여쭤봤고, 수술 결정해야 한다고 말씀을 드렸지요. 의사 선생님도 마지막 인사를 하든지, 기도삽관을 결정하든지 하라며, 다시금 큰 목소리로 재촉했습니다. 이러지도, 저러지도 못한 채 병실 침대 옆에 서 있었습니다. 가족인 우리뿐 아니라 의료진들이 아버지를 바라보았습니다. 아버지는 아무 말도 하지 않고 한참 동안 수첩을 열었다가 닫았다 반복했습니다.

"환자분, 수첩은 내려놓으시고 가족분들에게 마지막 인사를 하세요."

의료진의 말이 무서웠습니다. 기도삽관을 하지 않을 수 없다고 느껴졌습니다. 아버지에게 수술하자고 말씀드렸지만, 아버지는 오로지 수첩만 붙잡고 있었습니다. 수첩이 대체 뭐길래, 그토록 손에서 놓지 않는지 알 수 없었습니다.

그렇게 몇십 분의 실랑이 끝에 기도삽관이 결정되었습니다. 당장 돌아가실 수 있다는 의료진의 말에 다른 선택의 여지는 없었습니다. 수술이 결정되자 아버지는 그제야 들고 있던 수첩을 손에서 내려놓았습니다. 수첩이 도대체 어떤 의미이기에 그렇게 붙잡고 있었는지 궁금해서 수첩을 펼쳐보았습니다. 수첩에는 아버지의 업무 일정이 빼곡하게 적혀있었습니다. 다음 날 OO 업체에서 물건을 받아 OO 업체로 전달해야 하고, 여러 군데를 들러 수금해야 한다는 내용이 깨알같이 쓰여 있었습니다. 노인 지하철 택배 일을 하는 아버지에게는 기도삽관을 하지 않으면 돌아가실 수 있다는 이야기가 들리지 않았던 걸까요. 아버지에게는 내일 해야 할 일이 생명보다 더 중요했던 걸까요. 당장 생명이 위태로운 상황에서 사는 것보다 일이 더 중요한지 의문이 들었습니다.

수첩만 보면 아버지가 떠오릅니다. 사는 일이 쉽지 않지요. 아버지는 지하철 택배 일을 하며 종일 걸어 다녔고, 지하철에서 안 좋은 공기를 마셨습니다. 그 일이 아버지의 마지막 직업이었어요. 공무원으로 퇴직한 후 사업 실패를 겪고 여러 직업을 전전하다가 선택한 일이었습니다. 아버지는 늘 수첩을 들고 다녔습니다. 수첩에는 지하철 택배 일 하는 사람들의 연락처, 일정, 메모가 가득했습니다. 음압 격리 병실에서 아버지가 손에서 놓지 않았던 수첩은 아버지에게 가족의 생계를 책임지던 마지막 끈이었을 겁니다. 당시에는 그걸 이해하지 못하고, 아버지가 수첩에 집착한다고만 생각했습니다. 이제야 조금은 알 것 같습니다. 수첩을 뒤적이며 삶을 붙잡으려고 했던 아버지 모습이 그립습니다.

08

힘든 일은 꼬리를 물고 오더라
(정성희)

우리 집은 끼니를 걱정할 정도로 늘 돈에 쪼들렸다. 아버지가 초등학교 교감 선생님이었고 월급이 들어오는데도 그랬다. 엄마가 계를 운영하다 지게 된 억대의 빚 때문이었다. 아버지는 채권자와 약속한 돈을 매월 꼬박꼬박 갚아나갔다. 그 덕에 나는 빛바랜 헌 교복을 6년 내내 입고 다녀야 했고, 용돈이나 군것질은 꿈도 못 꾸었다. 그런데 공식적인 채권자 외에도 돈을 요구하는 무법자 두 분이 있었다. 아버지 막냇동생과 엄마 남동생이었다. 두 삼촌은 툭하면 쳐들어와서는 "니들만 잘 먹고 잘 사냐!"라며 맡겨 놓은 듯이 소리치며 돈을 요구했다. 삯바느질하던 엄마가 계를 해서 목돈을 벌고자 했던 이유가 이 두 분과 무관하지 않다는 걸 나중에 알았다. 늙은 노총각 시동생도 돌봐줘야 했고, 만석꾼지기 재산을 노름으로 다 말아먹은 남동생도 나 몰라라 할 수가 없었기 때문이다. 특히 사별한 외삼촌은 자식을 여섯이나 데리고 우리 집 근처 골방에 살며 엄마를 괴롭혔다.

빚더미에 앉아 희망이 없던 엄마는 여러 번 자살 시도를 했노라고, 우리가 성인이 됐을 때 고백했다. 농약을 마시려는 순간 어린 자식들이 눈앞에 어른거려 내려놓기를 여러 번이었고, 한번은 아래채에 세 들어 사는 튀밥 할아버지가 낌새를 눈치채고 달려와 말렸다고 한다. 엄마를 구사일생으로 살려낸 그 할아버지는 안타깝게도 자신의 아내는 살려내지 못했다. 우리 집이나 튀밥 할아버지네나 늘 조용할 날이 없었던 거다. 장날 튀밥 튄 돈 몇 푼 땜에 부부 싸움하고, 불같은 성격의 할머니는 홧김에 농약을 마셨다. 리어카에 싣고 동네 의원으로 갔을 땐 이미 늦었다. 할머니 입에 끼워진 검정 호스를 타고 쏟아져 나오던 하얀 액체에선 지독한 냄새가 났다. 할머니의 비녀를 손에 든 채 벽을 짚고 눈물짓던, 그 할아버지도 얼마 후 세상을 떠났다. 그때가 아마도 초등학교 2학년쯤이었던 것 같다. 졸지에 무서운 광경을 목격하고 깊은 트라우마로 남았지만, 다행인 건 반면교사가 되었다는 거다. 지금까지 숱한 어려움을 겪어 오면서도 스스로 생목숨 끊겠다는 모진 생각은 해본 적 없으니, 은연중에 그분들에게서 교훈을 얻은 게 아닐까 싶다.

나는 웃을 줄 모르는 아이였다. 사춘기를 지나면서는 가난한 집안 형편에 불만이 쌓여 표정이 더 굳어졌다. 성인이 되고 결혼한 후에도 웃음기가 거의 없이 살았다. 사진 찍을 때 '웃으세요' 하면 게오르그의 소설 《25시》 주인공이라도 되는 양 얼굴에 경련이 일고 어색하기 짝이 없는 미소를 지었다. 부모님이 김치며 밑반찬

등을 바리바리 싸 들고 그 먼 길을 오셨을 때도 살갑게 맞이할 줄 몰랐다. "우리 집 딸들은 왜 이리 하나같이 애교라곤 없는지…" 아버지는 엄마를 향해 혼잣말처럼 말씀하시곤 했다. 지금 생각하면 미안하고 죄스럽기 짝이 없다. 하지만 부모님이 우리에게 무의식적으로 가한 정서적 학대에 대해선 전혀 모르신다.

내가 가정을 이루면 아이에게 상처 주지 않는 좋은 엄마가 되리라 마음먹었다. 나의 엄마처럼 살지는 않겠다고. 아쉽게도 그 뜻은 이루지 못했다. 어디서부터 잘못 끼워진 단추인지는 모르겠지만 결혼은 실패했다. 연애를 한 번도 해보지 않고 부모님 소개로 등 떠밀려 결혼한 게 문제였을까. 모 대기업 전자제품 부서에서 일하던 남편은 회사에 과하게 충성했다. 날 밝기 전 출근했다가 자정 넘어 들어왔다. 특판 부서라 한 달에 반은 장거리 지방 출장으로 집을 비웠다. 모처럼 집에서 쉬는 날은 피곤하다며 입 꾹 다물고 TV 앞에 붙박인 듯 앉아 있었다. 알콩달콩 신혼생활이란 게 뭔지도 모른 채 시간이 지나갔다. 그 역시 애교 없다는 타박을 주기도 했는데, 무늬만 부부였던 원인이 내 탓이었던 모양이다. 결혼 내내 아이가 생기지 않으니 집안 분위기는 겨울바람처럼 냉기만 돌았다.

부부 동반 모임에 참석할 때가 가장 곤혹스러웠다. 아이들이 뛰어다니고, 아내한테 설설 기는 시늉하며 애교 떠는 다른 집 남편들을 보며 절로 기가 죽었다. 거기다 집에서 안 하던 말투로 친구들 앞에서 자신을 돋보이게 하려는 성향이 있었다. '네가 뭘 안다고 끼어들어' 그의 그런 태도와 말 습관은 남아 있던 정마저 떨어지게 했다. 나는 그런 난폭한 말에 길들고 싶지 않았다. 헤어질 결심을 한 것도 그런 언어습관 때문이었다. 같이하는 시간이 행복하려면 말의 온도가 따뜻해야 한다. 주고받는 말에 권위가 끼어들면 재미없다. 우리 사이엔 그런 따스한 소통이 존재하지 않았다.

결국, 막장 드라마 같은 수순을 밟았다. 여자 문제, 사업부도, 살던 아파트 경매로 넘기고 길바닥에 나 앉기 등. 그것도 모자라 3억 원가량의 연대보증 채무자 딱지를 내 등에 찰싹 붙여 놓았다.

빚에 눌려 젊음을 날렸다. (벗어날 방법이 없다고 자포자기했기 때문이다. 그러다) 20여 년 옥죄던 연대보증의 늪에서 드디어 빠져나올 수 있었다. 회피가 능사는 아니었다. 정면 돌파하니 뜻하지 않게 길이 뚫렸다. 고향 후배인 J 변호사의 도움을 받았다. 내용증명을 보내고 합의점을 찾아 최소한의 금액으로 해결할 수 있었다. 내 나이 이미 50이 넘은 나이였다. 남은 인생 돈을 어떻게 벌어 살아야 할지 막막했지만, 마음만은 날아갈 듯 홀가분했다.

인생의 큰 고비를 넘었다고 안심하는 순간 엄마가 뇌졸중으로 쓰러졌다. 투병 기간 7년여 동안 엄마에게만 마음 썼다. 하지만 경제력이 없는 내가 할 수 있는 건 미약했다. 카드를 돌려 막으며 버텨냈었다. 대리운전 등 닥치는 대로 일하며 카드 빚을 다 갚았지만, 어이없게 주식 사기를 당했다. 50 후반, 또다시 수천만 원의 대출 빚이 쌓였다. 재작년엔 조카가 아파트 계약금이 급하다며 도움을 요청했다. 3개월 안에 돌려주겠다는 약속을 받고 2천5백을 빌려줬다. 사업자 등록증이 있는 덕분에 은행 대출이 가능했다. 그 아이의 약속은 지켜지지 않았다. 일부 상환하다 만 나머지를 고모인 내가 고스란히 떠안고 말았다.

도대체 왜 나만 이리 힘들게 사는 걸까. 또렷한 희망이 보이지 않는 미래의 불확실성에 늘 가슴이 짓눌리듯 답답했다. 빛을 향해 스스로 헤쳐 나가려는 강한 의지가 있어야 했지만. 고난을 정면 돌파해서 성공의 디딤돌로 삼았어야 했지만. 바보 같은 나약함은 숨을 곳을 찾기에 급급했다. 무기력한 삶의 나날이었다.

문득 "속이 썩어야 세상에 관대해질 수 있었다."라는 김서령 작가의 문장이 떠오른다. 나 말고도 '세상에는 속이 문드러진 사람들이 있는가 보구나' 묘한 동질감을 느끼며 위안 삼아본다. 지금까지 살아오면서 속이 썩어 문드러질 만큼 힘들었지만 그래도 아직 다 산 건 아니다. 지금 이 순간 살아 있다는 것만으로도 축복받은 인생이지 않은가. 죽을 만큼 힘든 시간도 다 지나간다. 살아 있는 한, 인생은 예측할 수 없는 행운의 길로 향하기도 한다는 말을 믿고 싶다. 불행의 꼬리, 이제 그만 내 손으로 과감히 잘라 버려야겠다.

09

슬픔과 괴로움은 인생의 꽃이다
(정인구)

죽을 것 같이 힘들고 슬플 때가 있다. 인생의 슬픔이 크고, 깊은 연민이 따뜻한 마음을 만들어 내고 나를 성숙하게 만든다.

2002년 11월 5일. 경남 산청에 있는 회사 수련원 개소식이 있는 날이었다. 무지갯빛 천이 건물 위에서 아래로 장식되어 있었다. 건물 중간에 산청 지리산수련원 간판이 아침 햇살을 받아 반짝였다. 간판 위 공간에 축하 곽(1m 30cm x 50cm, 철제통)에 하얀 노끈 10개가 매달려 있었다. 하얀 노끈을 당기면 철제 통 안에 설치된 폭죽이 터지고, 오색비닐 조각이 사방으로 흩어지며 개소 축하 현수막이 위에서 아래로 늘어지도록 설계되어 있었다.

개소식 날 아침, 부산체신청 C 과장에게 전화가 왔다. 지금 청장 모시고 사천공항으로 본부장 픽업 간다며 준비 잘하고 있으라고 했다. 그동안 몇 번을 점검표에 따라 점검했었다. 새로 한다는 마음으로 꼼꼼히 살폈다.

정 과장, 준비한다고 고생했어! 우정사업본부장이 두 손으로 내 어깨를 두드리는 모습을 상상했다. 거울에 비친 내 모습을 보고 넥타이를 고쳐 맸다. 짙은 감색 양복, 빨간 넥타이, 검은 테 안경을 낀 작지만 야무지게 생긴 40대 중년 남자가 당당하게 서 있었다. 나도 모르게 입꼬리가 올라갔다.

오전 10시에 있는 개소식 행사에 참석하기 위해 전국에 있는 지방청장과 직원들이 하나둘 모여들었다. 부산체신청 과장, 직원들 차량이 주차장에 속속 들어왔다. 먼저 도착한 사람들은 삼삼오오 수련원 입구에 모여 행사 시작을 기다리고 있었다. 수련원 중의 최고인 것 같다는 이야기를 들으며 이곳저곳 인사를 받고 다녔다. 마치 건물주나 된 것처럼.

행사 시간 10분 전, 번쩍이는 검은색 그랜저 승용차가 수련원 앞 주차장으로 들어오고 있었다. 대기하고 있던 부산체신청 사업국장이 뛰어가서 승용차 문을 열어주었다. 본부장과 청장이 내렸다. 늘어서 있는 직할 관서장과 지방청장들에게 일일이 악수하고 행사장 중앙에 비치된 의자에 앉았다. 경쾌한 음악은 분위기를 한층 더 고조시켰다. 사회자가 행사 시작을 알리는 방송을 했다.

"지금부터 산청 지리산수련원 개소식을 진행하겠습니다. (중략) 각 지방청장님과 관계자들은 앞으로 나와 하얀 줄을 잡고 하나, 둘, 셋 구령과 동시에 줄을 힘차게 당겨주시기 바랍니다."

참석한 100여 명이 일제히 고개를 들어 간판을 쳐다보고 있었다. 하나, 둘, 셋 구령에 따라 일제히 줄을 당겼다. 웬일인지 폭죽이 터지지 않았다. 다시 한번 힘차게 당겨달라고 사회자가 안내방송을 했다. 구령에 따라 줄을 더 세게 당겼다. 폭죽이 터지지 않고 축하 곽이 '꽝' 하는 굉음을 내며 바닥에 떨어졌다. 널브러진 현수막 위로 오색비닐 가루가 사방으로 나뒹굴었다. 바닥에 파편 조각들이 흩어졌다. 사람들은 비명을 지르며 이리로 저리로 뛰어다녔다. 행사장은 아수라장이 되었다. 청장 얼굴이 순식간에 일그러지며 나와 C 과장을 동시에 째려봤다. 다리가 휘청거렸다. 쥐구멍이라도 있으면 들어가고 싶었다. 직원들이 뛰어가 난장판이 된 장소를 치우기 시작했다. 그동안 수고가 한순간에 물거품이 되었다. 행사가 어떻게 끝났는지 모르겠다.

2부 오찬, 본부장과 청장을 피했다. 눈에 띄지 않으려 도망 다녔다. 하루가 이처럼 길게 느껴진 날은 처음이었다.

이 일은 순식간에 전국체신청으로 퍼졌다. 평소 친하게 지내던 동료들과 상사들의 안부 전화가 "축하 곽이 안 터졌다며"였다. 잘난 체하더니 잘 됐다는 조롱하는 소리로 들렸다.

수련원 개소 보조 감독으로 근무지에서 한 시간 거리인 공사 현장에 200번은 오고 간 것 같다. 당시 수련원이 있는 지역에는 인터넷 회선이 없었다. 회선을 끌어오기 위해 부산체신청 전파국(인터넷 회선 관리)과 산청 유선방송 인맥을 동원하여 전봇대 8개를 설치했다. 중산리 지역에 처음으로 인터넷이 들어오게 했다. 객실마다 당시 제일 크고 비싼 삼성 TV를 설치했다. 수련원 인근에 유흥을 즐길 장소가 없었다. 방문한 직원들 편의를 위해 영화, 드라마 등 비디오 수백 개를 비치했다. 로비 안쪽에 인터넷을 사용할 수 있는 별도의 장소를 만들었다. PC 3대를 설치하여 중산리 지역에 관광 오는 사람이나 수련원을 방문하는 사람들이 이용할 수 있도록 설치했다.

  수련원 개소식 사흘 전, 부산체신청 건축 관련 B 과장이 현장을 둘러보러 왔다. 전국에서 최고로 잘 만들어진 것 같다며 칭찬을 아끼지 않았다. 감사담당관도 방문했다. 행사가 끝나면 이번 인사 때 감사실로 발령받을 거라며 혼자만 알고 있으라고 귀띔했다. 이번 개소식이 나의 성공 발판이 될 거라고 믿어 의심치 않았다. 자존감은 수련원 뒤로 보이는 천왕봉보다 높았다. 인사 발령 날 거라는 감사담당관 말을 듣고 이삿짐을 일부 묶어둔 상태였다.

  문제가 발생하면 책임이 따른다. 개소식 행사주관은 부산체신청에서 한다. 축하 곽 주문도 행사주관 부서에서 했다. 나는 설치 공사 완료 여부를 보고하는 일이었다. 폭죽이 터질지 안 터질지 확인할 방법은 없었다. 엄밀히 말하면 내 책임이 아니었다. 하지만 모든 책임은 내게로 돌아왔다. 그동안 고생한 일들은 한순간에 물거품이 되었다. 얼마 후 감사담당관에게 전화가 왔다. 이번 일로 발령이 어렵게 되었다며 미안하다고.

당해 직급에서 최단기간 만에 승진했었다. 하는 일마다 잘되었다. 주변에 부러움을 한 몸에 받았다. 장밋빛 날들이 계속될 거라고 굳게 믿고 있었다. 나에게 이런 일이 생기다니. 눈물이 핑 돌았다. 이사하려고 묶어두었던 짐을 물끄러미 쳐다보았다. 찬 바람 부는 자취방에 앉아 술로 세월을 보냈다. 그해 겨울은 유난히 길었다.

이 사건 후 세상에 홀로 남겨져 있다는 생각이 들었다. 억울하기도 했다. 회사가 싫어졌고, 세상 탓을 하며 시간을 보냈었다. 이 글을 쓰다 보니 그 시절 경험이야말로 내 인생에서 가장 필요한 것이었다는 사실이다. 만약 행사가 성공적으로 끝났다면 교만이 하늘을 찔렀을 것이다. 이보다 더 큰 일을 당했을지 모른다. 그 사건 덕분에 나를 돌아보는 성찰의 시간이 되었다.

사람은 힘든 시기를 겪을 때 비로소 나를 돌아보게 된다. 평소 보지 못했던 것들도 보이기 시작한다. 그 시간이 많으면 많을수록 한 뼘 더 성숙한다. 수련원 개소식 사건으로 추운 자취방에 홀로 보냈던 시간. 그 슬픔과 괴로움 속에서 인생의 꽃이 피고 내면이 단단해진다는 것을 글을 쓰면서 알게 되었다.

10

일곱 살, 죽음의 기억
(최미교)

엄마가 세 분이다. 낳아준 엄마, 잠시 머물다 간 두 번째 엄마, 밉지만 불쌍한 세 번째 엄마. 생모는 내가 아장아장 걸을 때쯤 아버지와 헤어졌다고 한다. 세 번째 엄마는 아홉 살부터 같이 살다가 내 나이 스물다섯 되던 해에 위암으로 돌아가셨다. 마음 깊이 묻고 살았던 두 번째 엄마와의 특별한 인연 이야기를 하려 한다.

두 번째 엄마는 얼굴이 하얗고 눈망울이 맑았다. 까만 머리카락이 어깨까지 내려왔다. 당시 난 일곱 살이었다. 어디서 그 엄마를 처음 만났는지, 어느 지역에 살았는지 정확하게 기억나지 않는다. 우리가 살던 집은 여러 가구가 함께 살았다. 마당이 있었다. 대문을 들어서면 오른쪽으로 우리 방과 부엌이 있었다. 툇마루가 붙어 있고 마루와 방에는 해가 잘 들었다. 방문은 격자무늬 나무에 창호지를 바른 미닫이문이었다. 대문 바로 옆에 봉선화가 피어 있었다. 그때는 봉숭아꽃이라고 불렸다. 햇볕으로 따뜻하게 데워진 툇마루에서 엄마가 내 손톱에 봉숭아 물을 들여주었다. 꽃과

잎에 하얀 백반을 넣어 돌로 짓이겨서 손톱 위에 얹고 붕대로 감싸주었다. 붕대가 돌아가지 않게 실로 꽁꽁 묶었다. 나는 열 손가락에, 엄마는 새끼손가락에만 했다. 엄마의 손길은 따뜻하고 보드라웠다.

어려서부터 기관지가 좋지 않았다. 어느 동네인지 모르지만, 경기도 지역에 살았을 때다. 가을로 넘어가는 환절기 어느 날 밤, 나는 열이 펄펄 나면서 기침을 했다. 기침할 때마다 목구멍이 찢어질 듯 아팠다. 숨 쉴 때마다 코에서 불이 나오는 듯했다. 목이 붓고 아파 음식을 먹지도 못했다. 목에 걸린 가래를 뱉지 못해서 기침을 계속했다. 엄마는 나를 업고 밖으로 나갔다. 가녀린 몸으로 일곱 살짜리 통통한 아이를 업고 잰걸음으로 돌아다녔다. 병원이건, 약국이건 어딜 가건 상관없었다. 엄마 등에 업혀 있는 게 좋았다. 엄마 등에서 은은하고도 따뜻한 향이 났다. 엄마는 내가 등에 잘 기댈 수 있도록 앞으로 숙여서 걸었다. 기침을 많이 해서 배가 땅기고 팔다리에 힘이 없었다. 그런 와중에도 떨어질세라 엄마 팔 사이로 손을 넣어 앞 옷자락을 꼭 쥐었다. 왼쪽 귀를 엄마 등에 대었다. 심장 소리가 들렸다. 쿵쿵쿵. 가쁜 숨소리도 들렸다. 눈을 떴다 감았다 했다. 불빛이 있는 곳을 지나갈 때 멀리 아버지가 보였다. 동네 슈퍼다. 둥그런 탁자 옆에 있는 파란색 간이 의자에 다리를 꼬고 앉아 있었다. 일어나지도 않은 채 엄마에게 어디 가느냐고 물었다. 애가 아파서 병원 간다고 했더니 이 시간에 병원 문 연 데가 어디 있냐며 들어가라고 했다. 아버지는 내가 얼마나 아픈지 와서 확인해 보지도 않았다. 계속해서 술만 마셨다. 엄마는 애가 아픈데 술이 넘어가냐고 했다. 아버지는 술을 먹든 말든 무슨 상관이냐며 욕을 심하게 했다. 엄마 심장이 빨리 뛰었다. 등이 뜨거워지면서 축축해지는 걸 느꼈다. '엄마가 화가 났어, 나 때문에, 아빠 때문에 화가 났어' 생각했다. 아버지가 미웠다.

얼마 동안인지는 모르겠다. 큰집에 보내졌다가 엄마를 다시 만나게 되었다. 옛날에 우리가 살던 집이 아니었다. 엄마는 아기를 안고 있었다. 나를 보자 환하게 웃었다. "동생이야, 이리 와서 봐봐." 아가 얼굴이 뽀얗고 통통했다. 젖 냄새가 났다. 엄마는 동생도 나도 예뻐했다. 나는 엄마가 아가 젖을 먹일 때 가제 손수건을 가져다주고, 개켜놓은 천 기저귀를 옆에 나란히 두었다. 엄마가 기저귀 빨래하러 가면 아가한테서 눈을 떼지 않고 지키고 있었다. 입을 오물거리며 버둥거리다가 울 것 같은 표정을 지을 때면 방문을 열고 '엄마, 엄마, 아기가 울어요!' 소리치곤 했다. 엄마는 서둘러 걸어오면서 나를 보고 웃었다. 엄마 얼굴은 해님이었다.

어느 날 밤, 울부짖는 소리에 눈을 떴다. 내가 자는 곳 반대편에 엄마가 엎드려 있었다. 잠이 덜 깬 눈을 비비며 엄마 쪽을 바라보았다. 엄마가 동생을 부르며 울고 있었다. 어린 눈에도 뭔가 큰일이 일어난 것 같았다. 동생은 엄마 등에 가려져 보이지 않았다. 좀더 가까이 다가갔다. 동생의 얼굴이 보였다. 엄마는 젖가슴을 내놓고 동생을 흔들어 깨우고 있었다. 동생은 눈을 위로 치켜뜬 채 움직이지 않았다. 코와 입에서는 젖이 넘쳐 있었다. 엄마가 동생

가슴을 눌러보기도 하고 엎어서 등을 두드리기도 했지만 깨어나지 않았다. 팔과 다리는 인형처럼 뻣뻣했다. 동생을 안고 오열하는 엄마를 쳐다보며 꼼짝도 할 수 없었다. 무슨 일이 일어났는지 제대로 알기까지는 한참이 지나서였다. 엄마가 누워서 젖을 먹이다가 그만 잠이 들어버린 거였다.

다음날이었을까, 기저귀, 가제 손수건, 큰 수건, 신발, 동생 물건들이 널브러져 있는 방에, 나는 혼자 있었다. 문이 열리더니 엄마가 들어왔다. 눈을 겨우 뜰 만큼 얼굴은 퉁퉁 부어있었다. 모든 것을 다 잃은 표정이 무섭도록 정확하게 기억난다. 엄마를 쳐다보기만 할 뿐 부르지도 달려가 안길 수도 없었다. 엄마는 동생 물건들을 멍하니 바라보며 "아가는 산에…" 하더니 말을 잇지 못하고 털썩 주저앉아, 목놓아 울기 시작했다. 나는 방 한쪽 구석에서 고개를 푹 수그린 채 웅크리고 앉아 있었다. 눈을 껌뻑이며 엄마의 울음소리에 온 신경을 집중했다. 소리가 멈추면 얼른 고개를 들어 엄마를 확인했다. 엄마는 잠도 안 자고 아침까지 울었다. 자신의 가슴을 쥐어뜯다가 때리기를 반복하면서.

나는 또다시 큰집에 맡겨졌다. 더는 엄마가 나를 보살피지 못하기 때문이다. 며칠 뒤에 다시 엄마를 만난 건 병원에서였다. 병원 복도에서 어른들이 하는 말을 들었는데 엄마가 자살 시도를 했다고 한다. 엄마가 누워있는 침대에 가까이 갈 수 없었다. 엄마는 천정을 쳐다보고 누워있었다. 눈에서는 눈물이 쉬지 않고 흐르고 있었다. 두 번째 엄마의 마지막 모습이었다. 얼마 후. 아버지와 친척

들이 나누는 이야기를 들었다. 엄마가 스스로 세상을 떠났다고.

더 이상 엄마를 볼 수 없다고 했다. 세상에 혼자 남겨진 것 같았다. 마음에 구멍이 난 것 같았다. 엄마의 웃는 얼굴, 부드러운 손길, 따스한 향기가 그리웠다. 그날과 비슷한 기온이나 느낌이 들면 한없이 우울해졌다. 봄에는 따뜻한 햇살이 비치는 툇마루에서 엄마 무릎을 베고 싶었다. 쌀쌀한 바람에 목이 칼칼해지면 엄마의 등이 생각났다.

죽음이 뭔지 제대로 알지 못하는 어린아이가, 죽음으로 엄마와 동생을 떠나보냈다. 동생의 하얀 얼굴, 가슴을 쥐어뜯으며 울던 엄마의 처절한 모습을 마음에 품고 살았다. 가슴에 돌덩이 얹고 사는 것 같았다. 이 이야기를 쓰기로 마음먹고 나서도 몇 번을 망설였다. 기억을 꺼내기가 힘들었다. 생각하고 싶지 않은 장면들을 쓰기가 괴로웠다. 글을 쓰다 보니 슬픔이 풀어지는 것 같았다. 이별 뒤에 무엇이 남았는지도 알게 되었다. 그들은 내 슬픔의 근원이었지만, 한편으로는 사랑의 원천이었다. 엄마가 준 사랑이 마음에 자라고 있었고, 덕분에 살아갈 힘을 낼 수 있었다. 이제서야 엄마와 동생을 보내줄 수 있다. 아프면서도 개운하다. 지금, 내 마음에는 엄마의 따뜻한 온기가 더 크게 남아 있다. 글의 힘이란 이런 건가.

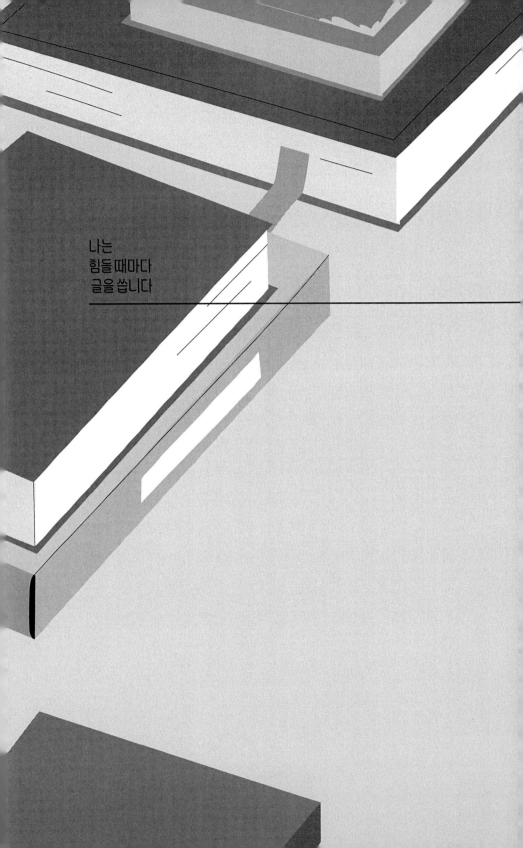

나는
힘들 때마다
글을 씁니다

2장

힘든 시간,
글쓰기를 만나다

01

백 일 동안 백 번 쓰기
(글빛현주)

원하는 일을 원하는 때에 원하는 만큼 할 수 있는 것!
돈에 관계없이, 시간제한 없이, 하고 싶은 것은 언제든지!

2022년 11월 15일 화요일, '이은대 자이언트 북 컨설팅' 책 쓰기 정규과정 등록을 환영하는 문자를 받았습니다. 돈 이백만 원을 온전히 절 위해 투자했어요. 처음입니다. 결제 버튼을 누를 땐 그야말로 손이 축축했어요. 이게 정말 맞는 걸까 고민했습니다. 결제 완료 문자를 보는 순간 취소할 수도 없다 생각했습니다. '시키는 대로 해보자. 쓰면 책이 된다는 데 까짓것, 못할 건 또 뭐야.' 한 줄도 쓰지 않았던 제가 글을 쓰기 시작하면서 삶의 목표가 선명해졌습니다.

1998년 9월 13일 십 년 연애 끝, 결혼했습니다. 한창 IMF로 경기가 좋지 않았을 때였습니다. 결혼할 때 부모님의 도움 받지 않았어요. 직장에 다니며 모아 놓은 삼천만 원으로 해결했습니다.

뿌듯했습니다. 큰 불만은 없었어요. 남편과 저, 둘 다 아픈 데 없이 건강하니 됐다고 생각했죠. 결혼해서 더 열심히 일하면 될 테지. 그러다 보면 삶은 당연히 좋아질 거라고 믿었습니다. 인생은 계획한 대로 흘러가지는 않는 것, 삶의 변수는 언제든 생길 수 있다는 걸 몰랐죠. 첫째 아이를 유산으로 잃었습니다. 그리고 바로 찾아온 둘째, 또 유산이 될까 겁났어요. 무리하게 직장생활을 할 수 없었습니다. 퇴사했고 그렇게 전업주부가 되었습니다.

비슷한 시기에 남편은 원하던 공부를 시작했어요. 결혼 전에도 수십 번 사진 공부하고 싶다고 말했거든요. 하고 싶은 걸 못 하면 결국 두고두고 후회하겠죠. 일이 잘 풀리지 않을 땐 저를 원망할 수도 있을 거라는 생각이 들었습니다. 평생 일할 사람인데, 좋아하는 일을 하면 조금 덜 힘들지 않을까. 공부하는 대신 기한을 설정했어요. 출산 전까지 취업하는 조건. 아이를 낳으면 돈이 많을 필요할 테니 그전에 끝내야 한다고 이야기했어요. 자신 있게 알았다고 말하는 남편, 이미 결정한 일 원하는 대로 잘 되기를 응원했습니다. 믿었습니다. 맡겨진 일이 무엇이든 최선을 다해 열심히 하는 사람이거든요. 약속처럼 첫 아이 출산 전 자격증 취득했습니다. 그리고 대전 지방 언론사에 사진기자로 취업했어요.

드라마에서 보던 직업, 돈도 많이 벌고, 명성도 얻게 될 거라 생각했습니다. 현실을 몰랐습니다. 핸드폰이 울리면 자다가도 벌떡 일어났어요. 밤 11시, 12시에도 나갔습니다. 때와 장소를 가리지 않았죠. 종종 새벽에도 나갔습니다. 출퇴근 시간이 무의미했습니다. 힘들고 피곤할 텐데도 불평 한마디 없었어요. 남편을 보면서 '역시 사람은 좋아하는 일, 하고 싶은 일을 해야 하는구나.' 생각했습니다. 다 괜찮았습니다. 그런데 생각보다 월급이 적었어요. 혼자 벌어 세 식구 생계를 책임진다는 것 만만치 않았습니다.

"엄마, 엄마! 레고 할인해. 나 저거 사줘. 지난번에 할인하면 사준다고 약속했잖아. 응?"

"엄마, 다른 애들은 비행기 타고 놀러 간대. 나도 학교 빠지고 놀러 가고 싶어. 우린 언제 가?"

아이들은 크면서 하고 싶은 일, 갖고 싶은 게 늘었어요. 먹고 싶은 것도 많았고, 가고 싶은 곳도 많았죠. 남편과 저는 어른이니까 참으면 된다고 생각했어요. 그런데 아이들에게 너희도 엄마 아빠처럼 계속 참으라고 말할 순 없었습니다. 엄마, 아빠가 돈이 없다는 말도 못 하겠고요. 다들 이렇게 사는 거지. 어떻게 갖고 싶은 거, 하고 싶은 거 다 하면서 살겠어, 하면서도 속상했습니다. 부자 부모 만나 금수저로 사는 사람들, 로또 당첨으로 한순간 부자가 된 사람들 얘기를 들을 때마다 부러웠습니다. 웬만하면 다 당첨된다는 동네 마트 오픈 행사, 휴지 하나 받은 적 없었거든요. 난 참 운이 없는 사람이구나 했어요. 좋은 운은 타고나야 하는 건가 싶었습니다.

2022년 12월 캘리 최의 《웰씽킹》을 읽었습니다. 돈에 관한 생각이 달라졌습니다. 일 열심히 하면 자연스레 부자가 된다고 믿었죠. 부자가 되는 것도 공부가 필요하다는 걸 몰랐어요. 성공한 사람들은 어떻게 부자가 되었는지 궁금했습니다. 유튜브나 책을 찾아봤어요. 그들의 공통점을 알게 됐습니다. 원하는 목표를 구체적으로 생생하게 상상하고 글로 쓴다는 것이었어요. 무슨 말도 안 되는 소리야. 분명 다른 비법이 있는데, 알려주지 않고 거짓말한다고 무시했습니다.

2023년 독서 모임을 시작한 지 7년이 되었어요. 자기 계발서를 다시 읽기 시작했지요. 꿈에 간절함을 담아 백 일 동안 백 번 쓰면 이루어진다는 글, 또 읽었습니다. 생생하게 상상하면 원하는 걸 끌어당길 수 있다고 했습니다. 유명인 중에는 방송인 오프라 윈프리, 코미디언이자 연기자인 짐 케리, 세계적인 동기부여가 토니 로빈스 등이 있다고 합니다. 꿈과 목표를 손으로 쓰고 지갑에 넣고 다녔다는 말도 있었습니다. 그냥 한 번 해볼까, 생각이 들었죠. 목표가 이루어지면 좋은 거고, 이루어지지 않으면 마는 거고. 손해 볼 일 없는 거예요. 안 할 이유가 없었습니다.

2024년 2월 1일 저녁 11시 알람이 울립니다. 노트를 앞에 두고 어떤 걸 쓸 것인가 고민했습니다. 꿈이 이루어진다는데 아무거나 쓸 수는 없으니까요. 목표를 이룬 제 모습을 상상했습니다. 통장에 삼십 억쯤 있으면 하고 싶은 거 다 할 수 있을까? 개인 저서도 출간하고 교보문고에서 사인회도 해야지! 웃음이 나왔습니다. 드디어 백 일 동안 백 번 쓰기 첫 줄을 썼습니다. 며칠은 정성스럽게 또박또박 썼습니다. 별거 아니네, 우습게 생각했어요. 어떤 날은 손가락이 아프고, 어떤 날은 글씨를 쓰며 꾸벅꾸벅 졸기도 했어요. 글씨도 개발새발 그래도 썼습니다. 시간은 금방 지났어요. 어느덧 백 일이 지났습니다.

군이 왜 손으로 백 일 동안 백 번 쓰라고 했는지, 직접 해보니 알 것 같았습니다. 제 목표라고 생각한 것이 진짜 제가 원하는 목표인지. 다른 사람이 부러워 닮고 싶은 마음에 착각하는 건 아닌지. 반복해 질문했습니다. 왜 이 목표를 이루고 싶은지, 목표를 이루고 난 이후엔 무엇을 하고 싶은지. 고민하게 되었습니다. 질문에 답을 하면서 희미했던 목표가 선명해졌습니다. 목표를 이룬 이후에 삶도 그려졌어요. 그리고 목표를 이룰 수 있는 방법을 찾기 시작했지요. 미루기만 했던 게을렀던 일상도 달라졌습니다. 보이는 것, 만나는 사람, 자주 방문하는 장소, 읽는 책 등을 제 목표와 연결했어요. 다양한 아이디어도 떠올랐지요. 메모했습니다.

몇 가지를 선택해 바로 실행했어요. 매일 글쓰기, 문장 독서, 일상에 감사하기 등이 있습니다. 행동으로 옮기니 할 수 있다는 긍정적인 생각을 하게 되었습니다. 핸드폰을 보며 허투루 보냈던 시간도 줄었어요. 일어난 문제, 이미 벌어진 일, 해결할 수 있는 방법을 찾는 것에 집중했습니다. 일의 우선순위를 정할 수 있게 됐고요. 덕분에 지금 해야 할 일을 할 수 있게 되었죠. 글로 쓰면 달라집니다. 다르게 볼 수 있고 다르게 생각할 수 있습니다. 글쓰기를 통해 조금씩 성장하는 저를 발견하게 되었습니다.

02

빈 가슴으로 받아내는 무게
(김혜련)

엄마가 아프다. 남동생이 호출전화를 받고 경주 요양원으로 가는 중이었다. 며칠째 식사도 못 하고 배가 아프다 한다며 아들에게 연락했다. 경주 동국대 병원에서 쓸개 쪽 수술이 필요한 것 같다며 구미 차병원으로 안내했다. 대구 종합 병원에서는 환자를 받지 않는다고 하였다. 의사가 없단다. 구급차를 타고 구미로 가야 했다. 의료 파업 피해를 가까이에서 겪었다.

작고 왜소한 엄마가 침대에 웅크리고 있다. 응급실에서 엄마 곁을 지켰다. 급성 췌장염이라 했다. 담도 관에 찌꺼기가 보여 제거 수술이 필요했다. 가족의 동의를 받아야 수술할 수 있었다. 수술하지 않고 6개월간 누워있다가 폐렴으로 사망한 사례도 있다고 했다. 담당 의사는 엄마 나이가 아흔둘이라 수술은 위험할 수 있다며 경과를 보고 다시 의논하자 하였다. 응급실에서 우선 제거 시술만 하고 지켜보기로 했다.

5일 후부터 부드러운 죽과 요플레를 조금씩 먹었다. 일반병실로 옮기니 엄마는 집에 가자고 성화다. 밥을 먹을 수 있어야 퇴원할 수 있다고 설득했다. 매일 죽을 끓여 대구에서 구미 차병원으로 갔다. 간병인은 작은 밥공기 크기의 보온통에 들어있는 죽을 반도 안 먹는다고 걱정했다. 링거와 단백질 영양제로 버티는 듯하였다.

생에 대한 애착이 큰 엄마다. 이번 병환으로 생각이 깊어진 모습이다. "동구 장가 보내거라. 부모가 서둘러야지. 중이 제 머리 깎나?"라며 외손자 걱정을 하였다. 2주 후 퇴원할 수 있다고 했다. 퇴원을 앞두고 담당 의사를 만났다. 나이가 많아 수술이 힘들어 우선적인 조치를 하였으니 재발 염려도 있다고 하였다.

"어디 가노, 경주는 안 간다. 너희 가까이 있으련다."

우리 집 가까이 있는 요양원으로 옮긴다고 서너 번은 이야기했는데 기억을 못 하고 있었다. 치매 진단을 받은 엄마는, 멀쩡한데 치매약 먹으라 한다며 짜증내기를 반복했다. 주말에 동생 내외가 경주 요양원에 다녀왔다. 엄마 소지품을 미리 가지고 와 내 차 트렁크에 실어 놓았다.

새벽 6시 30분 집을 나서 병원에서 퇴원 절차를 밟았다. 엄마 침대 건너편 할머니는 아들과 살갑게 통화하고 있다. 목소리만으로도 모자 관계의 사랑을 느낄 수 있었다. 나는 엄마에게 살가운 딸이었던가. 지친 듯 누워있는 엄마를 보았다. 서둘렀다. 빨리 집에 가자고 채근하는 엄마였지만 어쩜 내가 더 병원에서 벗어나고 싶어 했다. 간병인이 엄마 옷을 갈아입히고 휠체어에 앉혔다. 1층 자가용 있는 곳까지 따라왔다. 뒷좌석에 누운 엄마에게 안전띠를 해주었다. 간병인의 보살핌이 고마웠다. 감사 인사를 건네며 음료 한 상자를 드렸다. 내가 할 줄 아는 게 뭔지 보살핌의 기본도 몰랐다. 나는 엄마에게 어떤 딸이었을까를 생각했다.

　엄마와 오후 한 시 대구에 있는 요양원에 도착했다. 사회 복지사와 인사를 나누었다. 요양사와 함께 2층으로 올라갔다. 할머니 세 분이 텔레비전을 보고 있었다. 엄마가 계실 곳에 침대를 옮기고 분주하게 움직였다. 4단 서랍장에 옷과 물건을 정리했다. 다시 1층으로 내려와 서류를 작성하였다. 무슨 서류가 이렇게 많은지. 차에서 담요와 무릎 연고를 가지고 2층으로 다시 올라갔다. 다음부터는 이렇게 요양 보호실을 볼 수 없다. 1층 면회실에서 만난다. 죽을 조금 더 드리고 요양원에서 준비한 식혜를 드렸다. 역시 서너 숟가락과 한 모금밖에 먹질 않았다.

"엄마, 집에 모시지 못해 미안해요. 요양원에 자주 올게요. 예쁜 말 좋은 말만 하고 필요한 거 있으면 요양사님 부르세요."
"오냐, 고맙다. 니가 제일 애먹는다."

그 말에 울컥하였다. 미안하고 죄스러웠다.
며칠 후, 요양원에서 연락이 왔다. 식사량이 적다며 엄마에게 콧

줄로 영양 공급을 하자고 말했다. 동생 내외랑 간호사를 만나 최대한 입으로 드실 때까지 영양제 투여하며 미루자 했다. 의식이 있는 엄마도 콧줄은 하기 싫다고 하였다.

연명치료는 현대의학으로 더는 치료할 수 없어 임종 과정에 있는 환자에게 치료 효과 없이 임종 기간만 연장하는 것을 말한다. 치료할 수 없고 죽음이 머지않은 환자를 최대한 오랫동안 살려두는 행위를 말한다. 살아있다는 게 뭔가? 연명치료는 의미 없는 생의 긴 여정이다. 엄마에게 연명치료를 해야 하는 것이 옳은지 갈등의 날을 보냈다.

제주도 출장 중 엄마의 임종 소식을 들었다. 연로하신 나이라 예상은 했지만 갑작스러웠다. 이틀 전 면회하러 갔을 때 외손자 장가보내라고 또 성화를 부렸던 엄마였다. 더위가 한풀 꺾인 8월 마지막 날 장례를 치렀다. 장지에서 예배 볼 때 노란 나비 한 마리가 날아다녔다. 엄마 영혼이 나비가 되어 가족들에게 마지막 인사를 하는 것 같았다.

엄마의 체취가 남아 있는 옷을 언니와 정리했다. 구순 생신에 사드린 개량 한복을 입으시고 기뻐하던 모습이 생각났다. 보라색 누빔 옷은 엄마에게 잘 어울렸다. 엄마의 작은 가방에는 안경, 손수건, 수첩, 휴대전화가 들어있었다. 수첩에는 지인들과 자식들의 전화번호, 나에게 맡긴 장례비용에 관한 내용이 적혀있었다. 만날 때마다 돈의 행방을 묻곤 하셨는데 어느 날부터 무관심하였다. 그렇게 돈과 물건에 대한 엄마의 기억은 사라지고 있었다. 당신의 패물은 진즉 하나뿐인 며느리에게 주었다. 목걸이와 반지, 팔찌가 없어졌다며 미련과 애착을 가진 말을 종종 하였다. 엄마 수첩을 간직하려고 만지작거리다가 종량제 봉투에 담아 버렸다.

독일 작가 스젠 슈틸리히의 책 《존재의 박물관》에서 저자는 우리가 어떤 장소, 사람 또는 세상을 떠날 때 무엇을 남기는지 탐색했다. 그리고 이 탐색으로 우리 존재의 핵심이 무엇인지 묻는다. 많은 사람은 세상에 뭔가 남겼으면 하는 갈망을 마음 깊숙한 곳에서 더듬고 있다. 심지어 자신이 세상을 떠날 때 무엇인가 흔적을 남겨 놓으려 평생 일하는 사람도 드물지 않다고 하였다. 모든 만남은 크든 작든 우리 안에 흔적을 남긴다. 우리는 서로 흔적을 남긴다. 인생은 우리가 그 허망함을 어떻게 보든 끄떡도 하지 않는다. 엄마의 물건은 짐이 아니라 추억인 것을 버리고 나서야 알았다.

살아가면서 후회되고 미운 정, 고운 정 쌓아 올린 세월마저 그리울 것 같다. 불효한 나를 용서해주었으면 좋겠다. 하늘나라에서 몸과 마음이 평안하기를 기도했다. 9년 동안 고집불통 엄마와 엄마의 치매와 마주하며 속상하고 안타까웠던 일을 글로 쓰면서 달랬다. 글을 쓰면서 알게 되었다. 고통은 외면할수록 더 커진다는 사실이었다. 글을 통해 아픔을 객관화할 수 있었다. 내가 어떤 감정을 느끼고 있는지 하나씩 알아 가기 시작했다. 갈등의 순간에는 모든 것이 무너지는 듯하였다. 감정의 소용돌이에 휘말렸다. 글로 표현하는 과정을 통해 마음은 조금씩 안정을 찾았다.

시련과 고통은 피할 수 없는 인생의 일부이지만, 그것을 어떻게 다루느냐에 따라 우리의 삶은 달라질 수 있다. 엄마의 치매로 속 끓이던 일을 글로 풀어놓은 것은 치유하는 과정이었다. 글을 통해 마음을 조금씩 더 정리할 수 있었다. 글은 감정을 돌아보는 동시에, 그 감정을 수용하고 받아들이는 법을 배우게 했다. 엄마와 나를 이해하는 시간이었다.

상실의 아픔은 여전히 크다. 글을 통해 얻게 된 깨달음은 고통 속에서도 지탱할 수 있는 중요한 시간이 되었다. 무엇이 남아 자리를 계속 지킬지는 모른다. 삶은 우리에게 뭔가는 틀림없이 남긴다. 다만 그게 두고두고 펼쳐볼 글이라면 서로에게 도움 되는 글을 남기고 싶다.

03

뽀로로 밴드는 글쓰기다
(서주운)

"엄마~ 뽀로로 밴드 붙여줘!"

살짝 스치거나 조금 다치기만 해도 여섯 살 막내 서원이는 뽀로로 밴드를 찾습니다. 쓰라리고 아프다고 오만 인상을 쓰며 집이 떠나가도록 울어댑니다. 그러다 '호~~' 입김에 뽀로로 밴드를 붙여주면 끝이 납니다. 언제 그렇게 아프다고 난리를 치고 빽빽 울어 댔는지 이상하리만큼 평온이 찾아옵니다. 어느새 싱글벙글 웃고 있습니다. 서원이에게 뽀로로 밴드는 만병통치약입니다.

나의 뽀로로 밴드는 글쓰기입니다. 글쓰기가 나의 상처와 아픔을 치료해줍니다.

아이들을 좋아합니다. 아이 넷을 낳아 키우고 있습니다. 딸 둘, 아들 둘.

아들 둘은 청각장애가 있습니다. 다행히 일찍 발견해서 보청기 끼우고 언어치료도 받으러 다녔습니다. 인공와우 수술까지 해서 예후가 좋습니다. 와우 기계를 착용하고 소리에 반응을 잘합니다. 실생활에서도 큰 불편 없이 잘 지냅니다. 와우 기계가 말썽만 피우지 않는다면 말이죠.

열두 살 아들 규연이가 등교 준비를 하는 중입니다. 혼자서 일어나 세수하고 가방을 챙기고 옷을 입습니다. 그리고 나서 양 귀에 인공 와우 기계 차고 아침밥을 먹고 학교에 가지요. 갑자기 와우 기계가 안 된다고 합니다. 등교 시간 채 10분도 안 남겨 놓고 일어난 일입니다. 와우 기계에 습기가 찼나 싶어 습기 제거기에 넣어 작동 버튼을 눌렀습니다. 케이블에 이상이 있는지도 확인했습니다. 와우 기계를 꺼내 케이블을 새것으로 연결했습니다. 규연이 머리에 대고 귀에 채워주니 다행히 된다고 합니다. 서둘러 나가는 순간 다시 안된다고 와우 기계를 빼서 줍니다. 다시 바꿔 끼워보고 접촉 부분을 솔로 문지르니 작동합니다. 마음이 놓이지 않아 등굣길 함께 했습니다. 학교 신발장 앞에서 신발을 갈아 신는 순간 주황 불이 깜빡입니다. 와우 기계 오류 신호입니다. 그날 교실에 들어가지 못하고 집으로 돌아와야만 했습니다.

와우 기계를 차지 않으면 소리를 못 듣습니다. 학교에 가도 소리를 들을 수 없으니 와우 기계가 말썽인 날은 가고 싶어도 못 가는 상황입니다. 친구들 만나 놀기도 하고 공부도 하고 싶었던 아이의 실망스러워하는 얼굴을 보니 눈물이 왈칵 쏟아졌습니다. 순간 뾰족한 화살이 나를 향했습니다. 나 때문에 아이가 청각장애로 태어난 것 같고 나 때문에 아파서 이렇게 다른 삶을 살아가나 싶었습니다. 한번 쏟아진 눈물은 그칠 줄 몰랐습니다. 단단해졌다고 굳게 믿었던 마음이 순간 무너졌습니다. 주체할 수 없는 감정에 그냥 노트북 자판을 두드리기 시작했습니다. 지금의 생각, 감정을 하얀 종이에 쏟아냈습니다. 한 30분이 지났을까요, 마음에 평온이 찾아왔습니다. 한낮 퍼부었던 소낙비가 거짓말처럼 그쳤습니다. 쨍한 햇볕이 들고 무지개마저 떠 있었습니다. 글을 쓰는 동안 위로가 되었습니다. 슬픈 감정을 추스를 수 있었습니다. 글의 힘을 알게 된 날입니다.

엄마가 치매로 길을 잃었던 날 나는 또다시 무너졌습니다.

깜박이는 증상이 간간이 보일 때 좀 더 신경 써 드릴 걸, 좀 더 빨리 병원에 모시고 가서 검사해 볼 걸 후회했습니다. 약을 좀 더 일찍 드시게 했다면 이 지경까지 오지 않았을 텐데. 또 모든 화살을 나 자신에게 드리웠습니다. 나에게 탓을 돌렸습니다.

엄마는 가끔 지난 세월을 하소연하듯 이야기한 적 있었습니다. 남의 집 식모살이로 눈치 보며 살았다고 했습니다. 집주인 아주머니의 소개로 아빠를 만났고 시집와 보니 상황은 더 가관이었다고 합니다. 노모에 누나들, 여동생까지 식구는 많았고 살림이라곤 그릇이랑 숟가락이 전부였다고 했습니다. 그때는 힘들고 어려웠다고. 못 살던 시절이라 했습니다. 그나마 엄마나 되니깐 할머니 모셔가며 고모들 다 결혼시키고 이렇게 번듯한 집 장만해서 여태 너희들 오 남매 공부시키고 키웠다 했습니다. 지난 세월 서러움 반,

영웅담 반 섞인 목소리로 말했습니다. 그럴 때면 늘 엄마한테 더 잘해야겠다, 편하게 호강시켜 드려야겠다고 생각하곤 했습니다. 더 잘해드리지 못해 한스럽고 더 챙기지 못해 서러웠습니다. 이제 편하게 사셔도 되는데. 맛난 음식 드시고 좋은 곳 구경 다니며 즐겁게 사셔도 되는데. 남은 게 죽음이고 얻은 게 병이라는 말에 억장이 무너졌습니다.

엄마만 생각하면 눈물이 났습니다. 설거지하다가도 청소를 하다가도 왈칵 쏟아졌습니다. 지금의 현실이 너무 마음 아파 받아들이기 힘들었습니다. 엄마 인생 아니, 한 여자의 일생이 가엽고 불쌍하다는 생각마저 들었습니다. 아픈 엄마를 보며, 한순간 이렇게 무너지는데 아등바등 열심히 살 필요가 있을까? 인생 허무하다는 생각했습니다. 그래, 그냥 그날그날 재미있게 즐기며 행복하게 살자. 그러다가도 단 한 번뿐인 인생인데 어떻게 하면 좀 더 의미 있고 가치 있게 살까? 좀 더 잘 살고 싶다는 다부진 결심도 하게 되었습니다. 그리고 이런 생각들을 글로 적어봤습니다. 글을 쓰다 보니 엄마가 아프다고 매일 울고 슬퍼하기만 할 것도 아니라는 생각 들었습니다. 상처와 고통이 치유까지는 아니더라도 뽀로로 밴드를 붙인 것처럼 마음의 안정이 찾아왔습니다.

나는 이제 육아일지가 아닌 엄마일지를 씁니다. 엄마의 모습을 사진으로 담고 글로 남깁니다. 엄마 일생의 흐름을, 나이 들고 늙어가는 인생 진리를 겸허히 받아들입니다. 미소를 되찾았습니다. 이제 울지 않습니다. 엄마를 돌보며 서울 사업세미나도 참석했습니다. 글쓰기 수업도 빠지지 않고, 천안 스토리텔링 특강도 다녀왔습니다. 20주년 결혼기념일을 자축하고 가족사진도 찍었습니다. 라이팅 코치 공저에 참여하여 이렇게 글 쓰고 있습니다. 글 쓰면서 엄마도 챙기고 나 자신도 챙깁니다.

적당함이 필요합니다
(서한나)

"서한나 팀장님 맞으시죠?"

"네. 제가 서한나는 맞는데요. 저는 대리입니다."

이렇게 말해야 하는 때, 생각합니다. 진짜 팀장이면 좋겠다고. 다른 기관에서 종종 연락이 옵니다. 강사, 자문위원, 연구원 등으로 저를 초빙하는 거죠. 대외 활동을 할 때, 조건이 붙습니다. 경력 10년 이상, 석사 이상, 팀장 이상. 세 가지 중 두 가지만 되어도 괜찮을 때가 있고요. 셋 다 해당하여야 할 때가 있습니다. 경력과 학력은 문제 되지 않았습니다. 팀장이 아니어서, 기회를 놓칠 때가 있더라고요. 한 회사에서 8년째 근무 중입니다. 대리로 승진했지만, 그 이상은 어려울 것 같았습니다. 팀장과 나이 차이는 한 살. 보직 변경이나 이동도 거의 없는 회사입니다.

2020년 2월. 전화 한 통 받았습니다. 평가센터를 오픈하는데 팀장 한 명, 직원 두 명을 뽑는다는 소식. 팀장이라는 소리에 귀가 먼저 반응했습니다. 심장이 두근거렸지요. 퇴근 시간은 지났지만,

사무실에서 일하고 있었습니다. 혹시 통화 소리가 들릴까. 핸드폰 볼륨부터 낮췄습니다. 주변을 두리번거렸지요. 자리에서 일어나 사무실 밖으로 나갔습니다. 아무도 없는 상담실로 갔습니다. 팀장이 맞는지 되물었지요. 직위는 팀장, 직책은 대리. 팀장 급여를 받고, 1년 뒤 직책도 팀장이 된다고 했습니다. 고민할 필요가 없었습니다. 다음날 퇴사하겠다고 회사에 말했습니다.

면접 보고 이직 준비를 했습니다. 책상 앞에 앉아 있으면 콧노래를 흥얼거렸지요. 자꾸 웃음이 났습니다. 일할 때 아이디어 수첩을 적습니다. 일하던 당시인 2020년에 적용해 보려고 했던 것들. 이직한 회사에서 해봐야겠다고 생각했지요. 노트를 펼쳐 메모를 봅니다. 새로운 직장에서 일하고 있는 제 모습을 계속 상상했지요. 팀장 관련 책도 몇 권 읽고 준비했습니다.

이직한 직장에서 3월부터 일을 시작했습니다. 두 명의 직원과 함께. 저는 11년 차. 한 명은 2년 차, 다른 한 명은 1년 차였습니다. 가장 먼저 한 일은 사업계획서 작성입니다. 사업 시스템이 없는 상황. 정해진 규칙은 없습니다. 상사는 그간 경력을 바탕으로 운영해보고 싶었던 바를 펼쳐보라고 했습니다. 제 의견을 많이 반영해주며, 힘을 실어줬지요.

주요 사업은 장애인 대상 직업평가입니다. 직업평가는 장애인이 취업할 가능성을 확인해서 결과를 알려주는 일입니다. 현재 일을 할 수 있을지, 어떤 일을 잘할 수 있는지, 일을 하기 어렵다면 무엇을 준비하면 나중에 취업할 때 도움이 될지 등을 알 수 있지요.

검사하는 방법이 정해져 있습니다. 능숙하고, 정확하게 진행하는 게 중요합니다. 검사자 실수가 장애인 진로나 취업에 영향을 미칠 수 있으니까요. 직원들에게 검사 도구 사용법을 알려줬습니다. 평가실에 장애인이 들어오는 순간부터 나갈 때까지 어떻게 해야 하는지, 검사를 진행하는 방법, 검사할 때 주의 사항 등을요. 기관에 가지고 있는 검사 도구가 오십 가지가 넘습니다. 장애 특성에 따라 직업평가 도구를 달리 사용합니다. 많은 평가 도구를 사용할 줄 아는 평가사가 일할 때 유리합니다. 언제 사용하게 될지 모르니까요.

이직 후 코로나19가 시작됐습니다. 사람들을 만날 수 없는 상황. 예정된 직업평가가 취소됐습니다. 직원들은 평가도구 연습만 석 달째입니다. 거리두기 지침이 정해지면서 장애인을 만나 직업평가를 할 수 있게 되었습니다. 출장 일정이 잡혀 모의 평가해 보기로 했습니다. 전문가로 장애인을 만나는 자리. 실수하지 않아야 하니까요. 저를 장애인이라고 생각하고 평가해 보도록 했지요. 직원은 말을 더듬거렸습니다. 말을 잇지 못하고 얼굴만 빨개집니다. 버벅거리기 시작하니 손도 떨더라고요. 고개를 숙이고 한숨을 쉽니다. 검사 도구를 알려주는 설명을 하면서 시범도 보입니다. 도구 배치도 틀리고, 모습도 어색합니다. 저 역시 얼굴이 뜨거워져 인상을 썼습니다. 모의 평가를 마치고, 두 사람을 불렀습니다. 프로그램실에 정적만 흐릅니다. 직원들에게 쏘아붙였습니다. 석 달 동안 여러 차례 모의 평가를 진행했는데 아직도 평가 진행이 매끄럽게 되지 않는 것에 대해서요.

관리자들은 직원이 빨리 훈련되기를 바랐습니다. 결재받으러 상사에게 갑니다. 직원 근황을 묻습니다. 상사는 말했습니다. 팔자가 좋다고. 돈 받으면서 공부하는 회사가 어디 있냐고요. 다른 팀 직원들과 비교하기도 했습니다. 다들 일하느라 바쁜데, 앉아서 공부만 하고 있으니, 여기가 학교인지 회사인지 모르겠다고. 얼굴이 화끈거렸지요. 멋쩍게 웃으며, 곧 잘하게 될 거라고 얼버무렸습니다. 저 역시도 답답했습니다. 이직한 상황이니, 눈에 보이는 성과가 있길 바랐습니다. 윗사람들 기대에 부응하고 싶기도 했고요.

입사 초기, 꿈에 부풀었습니다. 직원들과 목표도 공유하고, 여기서 꿈을 이루자 했습니다. 하지만 몇 달 사이에 상황은 달라졌습니다. 직원들과 사이가 좋지 않았습니다. 얼굴을 붉히는 일이 반복되니 대화가 사라졌습니다. 필요한 이야기만 하는 거죠. 저는 직원들만 생각해도 피가 거꾸로 솟는 것 같았습니다. 똑같은 얘기를 하는 것도 싫었습니다. 퇴근하고 집에 가도 회사 생각이 계속 났습니다. 잠을 설치는 때가 많아지기 시작했습니다. 머리가 지끈거려 두통약도 자주 먹었고, 체하는 날도 많아졌습니다. 탈모 치료를 시작하게 됐습니다.

사무실에서 제가 또 직원을 혼낸 날이었습니다. 옆 팀 팀장이 슬그머니 제 옆으로 오더니 나가자고 합니다. 카페에 가서 한 시간 정도 이야기를 나눴지요. 퇴근해서 집에 왔습니다. 책상 앞에 앉아 그간의 일을 써봤습니다. 내가 원했던 것과 현재 상황. 직원들에 대해서요. 글을 써보면서 알게 됐습니다. 이전 회사는 직업 평가 업무를 20년 넘게 해 온 기관입니다. 시스템이 안정되어 있습니다. 지금 회사는 신생 기관. 모든 것을 새롭게 만들어야 하는 상황이니 전과 달랐지요. 직업평가 업무만 하면 되는 게 아닙니다. 시스템을 만드는 일까지 함께해야 하니 경험이 없는 직원들이 더딜 수밖에 없었던 거죠. 일 잘하고, 관계도 좋은 팀장이 되고 싶었습니다. 하지만 지금 내가 원하는 모습은 아니었습니다.

일 욕심이 앞서다 보니 '일'만 보였습니다. 그 속에 있는 '사람'은 보지 못했던 것이죠. 직원도 나도 없는 상황이 됐습니다. 욕심은 성장과 발전의 동력이 됩니다. 목표지향적으로 행동하는 데 도움 되기도 하고요. 지나친 욕심이 문제였습니다. 관계는 나빠지고, 일에서 목표도 흐릿하게 만들었습니다. 무엇이든 적당한 게 필요합니다. 지나치면 미치지 못한 것과 같기 때문입니다.

05

멘탈이 나가는 경험을 하며 살아갑니다
(석승희)

조금 느린 것 말고 아무 문제가 없던, 7년째 쓰던 휴대폰에 어제 오후 늦은 시간부터 이상한 현상이 나타났다. 갑자기 전원이 나가버렸다. 시작 버튼을 눌러주니 전원이 들어온다. 그것도 잠시뿐 이내 종료된다. 아무 동작도 안 했는데 시작과 종료를 반복한다. 가끔 알 수 없는 미세한 소리도 난다. 뭔가 이상이 있음이 감지되었다. 걱정이 앞섰지만 내심 망가진 게 아니라고 혼잣말해 본다. 된다, 될 거다 하며 종료와 음성조절 버튼을 동시에 눌러도 켜질 생각을 안 한다. 약간의 발열감도 느껴지는 휴대폰에 충전도 해가면서 좀 전에 했던 동작을 반복해본다. 금새 저녁 시간이 되어 버렸고 현재로선 어떤 방법을 취할 수 없기에 고장은 아닐 거라고 조금 지나면 다시 실행될 거라고 바라본다. 휴대폰과 4시간 가까이 씨름을 했다. 그리고 멈춰버렸다. 이젠 시작도 안 된다. 그냥 까만 화면 상태로 정지되었다. 배터리가 몇 프로 남았는지 알 수 없다.

휴대폰이 안 되면 불편한 점이 많은데 불안해진다. 노트북의 PC 카톡으로 메시지 확인하며 이런 현상에 대한 해결 방법을 검색해본다. "메인보드 손상이니 교체해야 한다. 서비스 센터 수리 비용은 얼마이니 사설업체에 알아봐라." 아직 원인을 알 수 없으니 답답하기만 하다. 개수를 헤아리기도 힘든 카톡방들은 어떻게 하지 중요한 자료들은 또 어떻고. 지인들이 새 휴대폰을 개통하면 알 수 없음이라 나오는 경우를 많이 봐와서 참여하고 있는 카톡방들이 보이지 않을까 염려된다. 그 순간 톡 서랍이 눈에 들어왔다. 구독하면 첫 달은 무료 사용이고 두 번째 달부터 50 프로 할인된 금액으로 결제된다고 한다. 무엇보다 톡 서랍 덕분에 기존의 카톡방들을 살려 로그인 할 수 있어서 좋다. 구독 신청을 하고 한시름 놓았다. 다음 날 아침 집에서 가까운 서비스 센터를 찾아보고 오픈 시간을 확인했다. 가장 가까운 지점이 혼잡 상태라고 나온다. 접수가 한 시간 이후에 가능하다 한다. 어느 지하철역에서 내려야 하는지 기억하고 밖으로 나갔다. 역에서 내렸는데 휴대폰이 없으니 지도 검색을 할 수 없어서 막막하다. 무작정 올려다보며 간판을 두리번거린다. 횡단보도를 건너 반대편으로 가보는데 본 적 있는 건물이 눈에 들어온다. 찾았다 3층으로 올라갔다. 번호표를 뽑고 확인하니 대기자가 12명이다. 30여 분 기다리니 차례가 되었다. 담당 기사님이 휴대폰을 살펴보고 메인보드가 손상되었다고 한다. 메인보드를 새것으로 교체해야 한다고 한다. 그런데 메인보드를 교체해도 데이터는 전혀 살릴 수 없다고 한다. 오래된

기종이라 부품이 없어서 오늘 바로 수리도 안 된다고 한다. 수리 비용도 예상한 금액보다 크다. 최근 나와 같은 경우의 다른 고객분이 계셨다면서 데이터 복구 업체를 찾아 보여주셨다. 수리 비용이면 중고폰을 구매할 수 있는 가격이다. 해야 할 일도 있고 중요한 모임 약속도 있어 새로 개통하기로 하고 대리점을 방문했다. 30년 이상 가족할인으로 묶여 있어 기기만 변경하고 싶었다. 희망하는 요구사항을 이리저리 비교해보고 개통했다. 이제야 마음 가벼워진다. 하루가 꽉 찬 시간은 아녔지만 먹통이 되어 버린 휴대폰 때문에 얼마나 답답했던지 모른다.

20대 시절 안과 병원 원무일을 하다 검안사에 매력을 느꼈다. 직장을 다니면서 안경광학과를 다녔다. 영하의 추운 겨울 이른 아침 학교 도서실로 매일 출석부를 찍으며 시험을 준비했는데 첫 번째 자격증 시험에서 1점 차이로 불합격의 고배를 마셨다. 그다음 해에 다시 도전했지만 또다시 떨어졌고 의욕이 떨어져 그만 포기하고 말았다. 이게 뭐라고 나만 떨어지는 것 같아 내가 모자란가 스스로 자책도 많이 했다. 외삼촌이 운영하시는 안경원에서 7년을 일하고 적성에 맞지 않는 것 같아 그만두었다. 실업급여를 받으러 고용보험공단에 갔다가 별안간 네일아트 국비 지원 포스터를 보고 네일아트를 배우기 시작했다. 이왕이면 국비 지원 교육기관보다 전문학원이 더 낫겠다 싶어 학원을 다녔고 민간자격증을 땄다. 그 시기에 네일아트 국가자격증이 생겨 학원 원장님의 조언에 따라 국가자격증 준비를 했다. 실기 시험일에 긴장했던지 미끄러지고 말았다. 그러길 무려 네 차례 더 겪었다. 지금이야 남 얘기하듯 술술 늘어놓을 수 있지만 그때는 정말 마음이 너덜너덜 뭐라 표현할 수가 없었다. 다섯 번만의 합격이라 난리가 났었다. 의지의 한국인이라고 아 무슨 금메달 딴것도 아닌데, 남들은 한 번에 턱 붙는데 내가 많이 부족했나 보다. 이외에도 첫 직장에서의 텃세에 맞선 적응기와 같은 부서 동갑 친구의 거절할 수 없었던 마음 불편한 요구사항, 처음 부동산에 대해 공부한 뒤에 무모하게 투자했던 아파트 때문에 마음 졸였던 3주의 시간 등등 어려운 일은 여러 번 있었다.

확실한 건 지금 만일 같은 상황을 겪게 된다면 그때와는 다르게 대처할 것이라는 사실이다. 어려움을 대하는 마음 자세가 달라졌기 때문이다. 책을 읽고 좋은 문장들을 골라 필사하고 나의 의견을 적어보고 여러 가지 진행 방법의 글쓰기 모임에 참여하면서 글을 써왔다. 100일간 노트 한 페이지를 채우는 챌린지를 통해 글을 쓰기도 했다. 노트 혹은 컴퓨터를 켜고 무엇에 대해 쓸까 하면 마냥 당황스럽지 않게 되었다. 감사일기, 독서 노트, 블로그 등등 조금씩 써 온 습관들이 만들어낸 작은 결실이다. 개인적으로 글씨 쓰는 것을 좋아해서 종종 필사도 한다. 사경 필사도 하고 의학잡지 필사 모임에도 참가해봤다. 창작은 아니지만 필사도 분명 글 쓰는 데 도움을 줄 것이다. 책을 보다 눈에 띄는 구절을 보면 인

덱스를 붙여 표시하는데 적고 싶어 손이 근질근질하다.

앞에 이야기한 세 가지 경험 모두 끈기 있게 행동하면 결과를 얻을 수 있었다. 불편하고 번거롭다고 피하지 않고 움직였더니 적은 시간으로 휴대폰 고장 원인을 파악하고 방법을 찾을 수 있었다. 비록 안경사 자격증을 취득하지 못했지만 공부하며 노력했던 시간에 후회는 없다. 중간에 계획이 수정되어 추진하지 않았지만 외국으로 나가기 위해 땄던 네일아트 국가자격증, 포기 안 하고 도전하면 할 수 있다는 자신감을 가지게 되었다. 이와 같이 글을 쓰는 것도 지속적으로 연습하다 보면 더 잘 쓰게 되는 날이 오리라 믿는다.

사랑의 힘으로
(이경숙)

　학원을 그만두고 나니 우울증이 올 거 같았다. 대학교 3학년 이후로 학생들과 떨어져 지낸다는 걸 생각조차 해본 적 없었다. 학원 문을 나서던 마지막 날, 이제 학생들과는 끝이구나 싶었다. 무엇이라도 해야 했다. 산후 우울증을 겪은 적이 있어 우울증이 얼마나 무서운지 안다. 우울증에 걸리지는 말아야겠다고 다짐했다. 한 번도 해본 적 없는 공부를 하고 싶었다. 그래야 집중하고 몰입할 수 있을 것 같았다. '공인중개사 시험 준비를 해보자.' 시험 일정과 과목을 검색해 보니 법 관련 내용이 많았다. 1년에 한 번 있는 시험이다. 법에 관해서 전혀 아는 바가 없지만 어려운 공부를 하게 되면 학생들 생각도 잊어버릴 수 있을 것 같았다. 막연하게, 나이 많은 여성이 임대료 부담 덜 느끼면서도 뭔가 여유롭게 할 수 있는 일이라고 생각했다. 책 읽을 시간도 많겠지. 아는 동생은 3개월 만에 통과했다고 했다. 그녀는 남편이 중개사이고 법에 관해 조금이라도 알 수 있을 만한 학과를 전공했다. '나는 법 용어를 전혀 모르니 1년은 해야겠구나.' 1년 계획을 세웠다. 살면서 법

용어를 접해본 적 없었다. 법 용어는 그야말로 외계어와 같았다. 외계어 같은 용어들을 처음 접하니 쉽지 않았다. 1년간 동영상 강의로 공부하면서 스터디 카페와 도서관을 내 집 삼아 다녔다. 부동산 법을 공부해 보니 삶에 꼭 필요한 내용인데 무시하며 살았구나 싶었다. 진작 알았더라면 지금과는 다르게 살지 않았을까 하는 아쉬움도 남았다.

1차와 2차를 함께 준비했다. 1차는 합격했는데 2차는 두 문제 차로 떨어졌다. 주변 사람 중 어떤 사람은 점수가 아깝다며 2차 시험에 다시 도전해보라고 했고, 어떤 사람은 공인중개사가 나에게 맞지 않는다며 다른 일을 찾아보라고 했다. 새로운 일에 도전해보고 싶었다. 그 일이 나에게 맞는지 알아보고 싶었다. 학원 할 때 알고 지내던 Y 원장에게서 공인중개사 일을 한다는 문자가 왔다. 홍보 문자였다. 공부하던 일이라 관심이 갔다. 자격증 없는데 일을 한다고 했다. 그렇게 해도 되냐고 물으니 물건 소개하는 일은 가능하다고 했다. 나도 할 수 있는지 궁금해졌다. 같이 일할 수 있는지 알아봐 달라고 했다. 고시원을 매매하는 중개 사무소였다. 대표가 여성이었다. 믿음이 갔다.

코로나 시국이어서 고시원 원장들은 힘들어했다. 빨리 팔고 싶다는 원장이 많았다. 매일 지역을 정해 고시원마다 찾아다녔다. 고시원 내부를 둘러보고 해당 원장에게 매매 의사가 있는지 물어보았다. 고시원을 돌아보면서 방 개수며, 구조 등을 파악했다. 그

지역 고시원에 대해 파악한 후, 돌아와서 물건 카드를 작성하고 그 내용을 인터넷에 올렸다. 가끔은 인터넷에 올리지 말아 달라는 원장도 있었다. 다른 사람에게 알리지 말고 조용히 중개해달라고. 다른 중개사들과 다르다며 나를 이상하게 보는 사람도 있고 믿을 만하다며 꼭 팔 수 있게 도와달라는 원장도 있었다. 사고 싶은 사람들이 내가 올린 물건을 보고 연락해온다. 물건을 소개하며 같이 둘러보고 나면 웃으면서 다음에 보자고 했다. 사고 싶은 사람들은 대부분 그랬다. 왜 그런지 궁금해 한 원장에게 물어보았다. "그렇게 물러터져서 가격을 깎을 수나 있겠어?" 사는 사람은 조금이라도 싸게 사고 싶은데 내가 마음 약해서 파는 사람에게 가격 흥정을 못 할 거 같다는 이유였다. 학원을 팔 때 원하는 가격을 받지 못했었다. 그런 이유로 파는 사람 입장 생각하느라 심하게 가격을 깎지 못한다. 매년 중개사 시험은 10월 마지막 토요일에 있다. 그해 시험 끝나고 바로 일 시작했다. 겨울 동안 칼바람 맞으면서 다녔는데 한 건도 못 했다. 나를 소개했던 Y 원장은 매월 수백만 원씩 벌고 있는데도.

추위가 풀리고 봄이 왔다. 영등포의 L 고시원 원장이 '나를 통해서만' 거래하고 싶다고 했다. 마침 사고 싶어 하는 사람이 있었다. 송파 쪽과 응암동에서 이미 고시원을 운영하는 원장이다. 신도림을 비롯해 영등포 지역 고시원 몇 개를 소개하면서 L 고시원에 데려갔다. 원장이 반가워했다. 고시원 소개 후 돌아오는 길에 원장에게서 연락이 왔다. 사고 싶은 사람의 조건에 맞춰주겠다며 중개할 방법을 어린아이에게 가르치듯 하나씩 가르쳐 주었다. 고시원 하기 전에 중개 일을 한 적 있다며. 그가 시키는 대로 했다. L 고시원에 다녀온 다음 날 원장에게서 전화가 왔다. 혹시 어제 다녀간 손님에게 혼자 가보라고 했냐고. 아니라고 했더니 그 사람이 다른 중개사를 데리고 왔더라고. 내가 보낸 거 같지 않아서 안 판다고 했다고 말했다. 고맙다고 하고는 바로 내 길을 정했다. 몇 번을 그런 식으로 남의 수고를 가로채는 사람을 만났다. 전화로 소리 지르며 싸운 사람도 있다. 마치 못된 학생에게 야단칠 때처럼 큰 소리로. 이 일이 나에게 맞는 일인가. 맞는 일이라면 이렇게까지 도와주는 원장이 있을 때 일이 성사되어야 한다고 생각했다. 그런데도 또 뒤통수를 맞았다. 중개 사무소 대표에게 그만하겠다고 말했다. 대표는 자기도 처음에는 6개월 넘게 한 건도 못 했는데 지금 이렇게 키웠다며 같이 해보자고 설득했다. 2차 시험에 합격하면 강남에 사무실을 내서 나에게 분소장 자리를 주려고 했다며. 혹시 그만두더라도 꼭 2차 시험을 보라고 했다. 한두 달 공부하면 합격할 거라고. 내 길이 아닌 생각에 2차 시험을 치르지 않았다. 아무렇지 않게 양심을 파는 사람들과는 일하고 싶지 않다는 생각에.

고시원 중개할 때 친한 학원장이 자기 계발하는 사람들이 있는 오픈 채팅방이라며 링크를 보내주었다. 고등학교 중퇴한 사람이 운영하는 방인데 다른 사람들이 어떻게 하는지 그냥 보기만 하라면서. 퇴근할 때 차 안에서 가끔 보다가 눈에 띄는 내용이 있었다. 내 돈 들이지 않고 정부 지원으로 사업할 수 있는 무료 특강을 한다고. 궁금했다. 토요일마다 특강이 있었다. 몇 번 듣고서는 거기에서 진행하는 유료 교육을 등록했다. 적지 않은 금액이었다. 그쪽 사람들과 온라인에서 알게 되었다. 유독 친절해 보이는 한 대표가 어느 날 전화해 왔다. 책을 같이 쓰자고. 그녀는 글을 아주 재미있게 쓴다. 블로그를 올려준 적 있는데, 그다음에 무슨 얘기가 이어질지 궁금하다며 모두 다음 편을 올려달라고 할 정도였다. 나는. 학원 운영 8년 하면서 단 한 번도 수강료 고지서를 작성한 적 없다. 글을 못 쓴다며 애꿎은 남편에게 매월 부탁했는데. 그런 내가?

그녀의 끈질긴 설득으로 책 쓰기 수업을 듣게 되었다. 정부 지원 수업 듣던 카드값도 아직 남았는데. 8주 만에 책 한 권 완성해 출판해준다는 수업이었다. 가능한 일인지 의문스러웠다. 이미 결제하고 수업을 들었으니 되돌릴 수도 없었다. 8주 동안 예닐곱 꼭지 쓰고 끝났다. 기가 막혔다. 폐허가 된 거대 도시에 홀로 서 있는 기분이었다.

공군 여중사 사망 사건으로 나라가 떠들썩하던 때 셋째가 공군에 간다고 했다. 안된다고 말렸는데도. 그런 사건 덕분에 군이 깨끗해질 테니 걱정하지 말라며 갔다. 장마 바로 전에 갔기에 훈련 사진이 올라오면 진흙탕에서 뒹굴기도 하고 사격, 유격도 하고 있었다. 사진 속에 우리 딸이 보이는 건 아니다. 모든 훈련생이 받는 훈련이다. 딸도 그 안에 있다. 딸이 구보 도중 숨이 쉬어지지 않아 힘들어한다고 담당 소대장에게서 연락이 왔다. 처음이 아니라 벌써 세 번째라고. 정신이 번쩍 들었다. 셋째가 훈련 마치기 전에 책을 써야겠다고 마음먹었다. 글을 못 쓰는 나지만 셋째도 처음 하는 일을 하듯, 나도 처음 쓰는 글을 써내야 한다고 다짐했다. 코로나로 휴가나 외박도 나오지 못하면서 고스란히 훈련을 감당하고 있는데 밖에 있는 엄마가 뭐 하고 있나 싶었다. 글을 쓰는지 뼈를 깎는지. 무슨 말을 쓰고 있는지. 쓰고 나서 읽어 보면 글이라고는 장작개비처럼 메말라 있다. 무얼 더해야 내 글이 살질지도 몰랐다.

책 쓰는 일이 남의 일이라고 생각했다. 나는 도저히 할 수 없는 일이라고. 초고 막바지에 딸들이 집안일 잊어버리고 남은 꼭지 써서 돌아오라며 오피스 호텔에 보내주었다. 딸들이 있었기에, 가족의 응원이 있었기에 해냈다. 끝까지. 나 혼자라면 힘들고 어려울 때 그만두었을지도 모른다. 누군가의 사랑이 있다면, 누군가를 사랑한다면 힘든 일도 거뜬히 해낼 수 있다. 그 사랑의 힘으로.

07

글을 쓰며 나아지고 있는 나
(이현경)

아버지가 세상을 떠난 지 삼 년이 되던 해 엄마는 신장암을 진단받았습니다. 남은 가족들이 아버지의 빈 자리를 조금씩 메워간다 생각했는데 또 한 번의 고비가 왔습니다. 엄마는 몸이 아픈 것도 힘들다고 했지만, 암을 진단받고 나서 우울감이 크다고 했습니다. 암 치료 때문에 일도 그만두었고, 하루 세 끼 식사와 반찬까지 가려 먹어야 했기에 일상이 완전히 달라졌습니다. 노후 준비 없이 떠난 아버지를 원망하지 않고 버텨온 삼 년이었지만, 암 진단 이후로는 엄마 마음이 흔들렸습니다.

암 진단을 받기 전, 엄마는 일본 여행을 가자고 제안했습니다. 제가 결혼한 후로는 함께 여행을 가지 못했기에, 모녀 여행을 꼭 가보고 싶다 하였습니다. 갑작스러운 제안이라 상황이 녹록지 않았습니다. 같은 달 책도 출간했고, 수업 일정도 조율해야 했지만, 혹시 모를 후회를 남기고 싶지 않아 여행을 결정하였습니다. 당시엔 엄마가 아픈 줄 몰랐습니다. 2023년 6월, 엄마와 후쿠오카로 첫 해외여행을 떠났습니다. 살갑지 않은 딸이라 엄마와 단둘이 여행 간 적은 한 번도 없었어요. 엄마는 여행을 준비하는 동안 이것 저것 꼼꼼히 챙겼습니다. 온천에서 입을 옷과 신발을 고르고, 많이 걸을 것을 대비해 편안한 신발도 준비하였습니다.

여행 날 엄마는 파란 바지에 빨간 운동화를 신었습니다. 공항에서 활기차게 웃으며 사진도 찍고 잘 걸었습니다. 후쿠오카 공항에 도착한 후 바로 다자이후에 갔습니다. 공부를 잘하게 해 준다는 황소상 앞에서 사진을 찍을 때만 해도 엄마의 표정은 밝았지요. 그런데 이후 급격하게 힘들어했습니다. 사진도 찍지 않고, 그저 쉬겠다며 벤치에 앉아 있었습니다. 엄마 기분이 좋지 않은 것 같아 일찍 숙소로 갔습니다. 온천에서 목욕하면 기분이 좀 나아질 것 같았습니다. 숙소인 료칸에 실외 온천이 있습니다. 여행에서 가장 기대했던 곳이었고, 풍경도 좋았는데 엄마의 표정은 여전히 어두웠습니다.

"얼마 전, 병원에 갔는데, 신장에 혹이 있다고 해. 큰 병원에 가 보라고 해서 예약을 해 두었어."

"뭐라고요? 왜 이제야 이야기해요? 여행 가기 전에 말했어야지요! 아픈 상태로 여행을 오면 어떻게 해요?"

저는 엄마의 병을 걱정하기보다는, 큰 소리부터 냈습니다. 걱정 끼치기 싫어서 그랬다는 엄마의 말을 듣고 나서야 엄마의 얼굴이 보였습니다. 엄마는 부쩍 살이 빠졌고, 주름살이 늘었습니다. 온

천 입구에서 몸무게를 재어 보니 10kg 이상 줄어 있었습니다.

여행을 다녀온 후 병원 예약을 다시 잡았습니다. 암도 두려웠지만, 엄마가 힘 빠진 모습을 보는 일도 쉽지 않았습니다. 세심하게 챙기지 못하는 저도 미웠습니다. 잠자리에 누우면 가슴이 부글부글 끓고, 목이 막힌 듯 답답했습니다. 눈물이 흘러 베개가 젖으면 수건을 덮은 채 잠들었습니다. 조금 더 다정한 딸이 되어야 하는데 그러지 못한 것 같아 자책했습니다. 엄마에게 하고 싶은 말을 글로 써 보았지만, 전하지는 못했습니다. 아버지 돌아가신 후 엄마가 혼자 지내 온 시간을 되돌아보며, 엄마를 더 챙기지 못한 날들을 반성하는 글을 썼습니다. 힘든 시간을 글로 풀어내니 마음이 조금씩 차분해졌습니다.

암은 수술이 잘 되었다고 해서 끝나는 질병이 아니었습니다. 암을 극복하는 마음의 힘이 필요합니다. 암을 제거했다고 해도, 이후 식단 관리, 마음 관리를 소홀히 하면 언제든지 다시 재발할 수 있기 때문입니다. 병원에서도 수술은 성공적이었지만, 암을 만들어낸 잘못된 생활 습관이 계속된다면 재발할 수도 있다고 경고했습니다.

암은 몸의 병일 뿐 아니라 마음과도 연관된 것 같습니다. 엄마는 아버지의 부재 이후 노인 일자리를 찾아 우체국에서 일을 시작했습니다. 우체국 일은 경제적인 도움이 될 뿐만 아니라, 엄마에게 일상의 활력을 불어넣어 주기도 했습니다. 그러나 암 진단 이

후, 병원 치료와 수술, 회복 과정에 전념해야 했기에 하던 일을 그만두어야 했습니다.

엄마는 신촌 세브란스 병원에서 수술받았고, 다행히 수술이 잘 되었습니다. 퇴원 후 엄마의 일상은 달라졌습니다. 예전처럼 간이 되어 있는 음식은 먹을 수 없었습니다. 신장암에 안 좋은 음식이 많았습니다. 짠 음식은 혈압을 높이고, 신장 기능에 안 좋은 영향을 미쳤습니다. 조리되지 않은 음식은 피해야 해서 회도 먹지 않았습니다. 젓갈이나 찌개처럼 자극이 강한 음식도 삼가야 했습니다.

음식을 마음껏 먹지 못하는 일도 힘든데 잠도 제대로 잘 수 없다고 했습니다. 일이 조금 고되긴 했지만, 출근해서 동료들과 수다 떨고 출퇴근길에 산책하며 누렸던 일상이 엄마에게는 큰 활력이었나 봅니다. 암 치료를 위해 일을 그만두게 되니 점점 생기도 사라졌습니다. 가려 먹어야 하는 음식 때문에 식욕도 잃었고, 일상에서 재미가 모두 사라진 것처럼 보였습니다. 몸과 마음 모두 힘든 시간을 보내며, 엄마는 암 치료를 견뎌내고 있었습니다.

예전에 저는 부정적인 생각을 많이 했습니다. 사업 실패한 아버지를 원망했고, 노후 준비를 하지 않은 부모님을 탓했습니다. 아버지는 공무원 생활을 하다가 사업을 시작했고, 처음에는 승승장구하는 것 같았습니다. 그러나 무리한 확장으로 사업은 실패했고, 노후에 지하철 택배 일을 하였습니다. 사업 실패 후 건강을 돌볼 여유가 없었고, 병원에 가는 것도 꺼렸습니다. 자식들에게 부담을 주고 싶지 않으셨던 것 같아요. 아버지는 병을 키운 채, 노후 준비도 하지 못한 상태에서 떠나셨습니다.

엄마의 암 선고는 엄마뿐만 아니라 제 마음도 무겁게 했습니다. 엄마가 아픈데 저도 건강이 좋지 않았습니다. 어깨가 결리고, 목이 뻐근했습니다. 위염으로 속이 쓰리고, 5년 전부터 허리통증도 있습니다. 건강관리를 해야 한다는 생각은 있었지만, 여러 가지 핑계를 대며 하지 않았습니다. 몸이 건강해야 엄마도 잘 챙길 수 있을 텐데 제 몸을 돌볼 여유가 없었습니다. 건강을 챙겨야겠다는 생각과 엄마를 더 잘 돌봐야겠다는 마음은 컸지만 실천하지 못한 채 시간이 흘렀습니다.

글을 쓰고 싶다고 생각했습니다. 유명한 작가가 되겠다는 목표는 아니었고, 매일 무슨 일이 일어나는지, 어떻게 느끼고 생각하는지를 기록하고 싶었습니다. 부정적인 마음과 무기력감에서 벗어나기 위해 글을 쓰기 시작했습니다. 처음 글을 쓸 때는 노트에 부정적인 단어가 가득했습니다. 엄마도 아프고, 저도 아프다 썼습니다. 일하면서 두 아이를 키우는 것도 힘든데, 엄마를 챙기고 제 몸까지 아프니 불평불만이 넘쳤습니다. 왜 이런 일들이 계속 일어나는지 다른 사람 원망만 하였습니다. 가장 큰 화살은 남편에게 향했습니다. 힘들고 바쁜데 왜 집안일을 더 도와주지 않느냐며 쏟아부었지요. 당시 쓴 노트를 보면 부정적인 단어와 문장이 가득합니다. 가족과 주변 사람들에 대한 비난도 많았습니다.

부정적인 감정을 토해냈다 하더라도 글을 쓰고 나면 후련했습니다. 받아주는 사람이 없었는데도 누군가 들어준 것 같은 기분이 들었어요. 글이 항상 잘 써지는 건 아니었고, 빈 화면만 멍하니 바라보며 몇 시간을 보내기도 했습니다.

글을 쓰기 시작하니 조금씩 긍정적인 변화가 생겼습니다. 처음에는 불평불만을 쏟아내는 글이 전부였고, 글을 쓴다고 건강이 좋아지지도 않았습니다. 엄마의 암 치료와 허리통증도 여전히 계속되었습니다. 그런데 글을 쓰면서 제 몸 상태뿐만 아니라 엄마 건강 문제에 대해서도 조금 더 의연하게 대처할 수 있었습니다. 아버지가 떠나고, 엄마가 암에 걸려 수술하기까지 겪었던 여러 문제는 예전 같았으면 감당하기 힘들었을 시련이었을 겁니다. 이제는 불만을 토로하는 글만 쓰지는 않습니다. 글을 쓰면서 조금씩 나아지고 있습니다. 엄마에게 문자를 보냈습니다. 엄마, 가을 하늘이 예쁘네요. 같이 점심 먹어요!

08

잘 보내주기 위해 글을 쓴다
(정성희)

나이 든다는 건 이별에 익숙해지는 일인 것 같다. 도망치는 시간 잡을 수 없고, 떠나가는 사람 붙들 수 없다. 하지만 아무리 익숙해진대도 모든 이별은 슬프다. 사랑하는 가족과의 이별은 물론이고, 어느 날 날아든 동창생의 부고, 살아 있어도 연락 끊고 지내는 한때 다정했던 사람들.

6년 전, 엄마 병실에선 무슨 일이 일어났던가, 억울하고 분통이 터졌다. 장례 후 한 달이 지나서야 엄마 친구에게서 들은 말, 엄마가 침대에서 떨어져 의식불명이 됐다는 소문이 나돈다는 거였다. 사건 당일 며칠 전서부터 병실 사람들과 다툼이 있는 걸 알고 있던 터라 의혹이 커졌다. 방을 바꾸어 달라는 엄마의 요청을 신속하게 처리하지 못한 불찰이었다. 분명 어떤 일이 있었던 게 맞다. 엄마에게 자극이 갈만한 행동을 누군가가 했을 텐데 심증만 있을 뿐이었다. 갑자기 돌아가신 충격으로 넋이 나가버린 나는 사건을 파헤칠 에너지조차 없었다. 시간이 지날수록 편안하게 보내드리지 못한 죄스러움만 가득하다. 억울한 일 당하고 괴로운 마음으로 눈을 감으신 건 아닌지, 그때 유야무야 덮어버린 게 가슴에 얹힌 무거운 돌로 남았다.

사람들은 쉽게 말한다. 살 만큼 살다 가셨으니 그만 잊고 너나 잘 살라고. 살만큼이 얼마인지는 모르겠지만 죽어도 좋을 나이는 없는 것 같다. 다만 이별에도 온도가 있다는 걸 말하고 싶다. 마지막 인사를 나눌 충분한 시간을 가졌더라면 그리움은 남을지라도 슬픔은 덜할 것이다. 나는 반년 가까이 엄마를 만날 수 없었다. 어리석게도 엄마의 마지막 생신조차 같이 하지 못했다. 결국, 생신 한 달 뒤 돌아가셨다. 내가 휴가를 받아 엄마에게 가려던 일주일 전이었다. 이미 뇌사상태에 빠진 엄마를 껴안고 나흘 밤낮을 지켰다. 돈 몇 푼 벌자고 엄마를 등한시했던 불효에 회한만 가득하다. 이렇게 고통이 수반된 이별은 치유가 쉽지 않다.

당시, 상황은 지독하게 고통스러웠다. 수저 잡을 힘조차 없었다. 그저 멍하니 먼 산만 응시했다. 넋 놓고 보내는 시간은 때로, 나를 객관화하는 데 도움이 된다는 걸 알았다. 나의 고통을, 슬픔과 아픔을 깊이 들여다보며 어루만져줄 시간을 가졌다. 나는 오로지 나이고, 나를 보살펴 줄 사람도 나 자신뿐이다. 다행히 글쓰기를 만난 후 마음 다스리는 데 도움받고 있다.

글쓰기는 나에게 보내는 애정 어린 눈길이다. 그것이 해독제로 작동한다. 그래서 글을 쓴다. 나의 상처받은 영혼을 잘 보내주기 위해, 나와 함께한 인연들을 잘 보내주기 위해 글을 쓰고 있다. 쓰면서 충분히 생각하고, 보내줘야 할 대상에 오롯이 집중하는 시간을 갖는다. 그렇게 웅얼웅얼 맴도는 슬픔을 다 토해내고서야 진정 이별할 수 있게 되는 것이다.

살면서 많은 인연이 스치고 지난다. 마흔 후반 즈음 초등동창회 총무를 맡았었다. 지금 돌아보니 헛된 시간이었던 것 같다. 전화통 붙들고 동창회에 에너지 쏟느라 학원 운영은 뒷전이었다. 회식이 잦았다. 담배 연기, 막걸리, 족발, 삼겹살, 부침개, 곱창볶음 등 뱃살만 늘었다. 술도 못 마시는 나를 맨날 불러냈던 친구 중 한 명은 후두암으로 세상을 떠났다. 2007년도 무렵만 해도 금연 규제가 없던 시절이라 식당마다 담배 연기가 자욱했다. 그런저런 여파인지 몇 년 전 건강검진에서 나도 폐에 결절이 발견됐다. 조직검사를 해야 한다는 대학병원 담당의 말을 듣지 않고 지금까지 버티고 있다.

환갑 전후로 동년배들이 매년 하나둘 세상을 등진다. 지난여름에도 고향 친구 승옥이와 이별했다. 평소 건강해 보였는데 신장 수술하고 1년여 만에 죽었다. 동창회를 그리도 좋아했던 친군데 병실에 입원해 있는 동안 얼굴 한 번 못 보고 떠나보냈다. 시간도 가고 사람도 갔다. 어떤 이별이든 슬프고 아프다. 사는 동안 만남과 헤어짐은 반복될 것이다. 그러니 무던히 받아들여야 한다. 슬프고 고통스런 감정에 매몰되지 않도록 마음 다잡아야 한다.

마스크와 모자를 푹 눌러쓰고 교대역에서 글쓰기 강좌를 들었다. 20년 봄, 코로나가 막 시작되고 있는 시점이라 대부분 거북한 마스크를 하지 않은 분위기였다. 누구와 눈만 마주쳐도 눈물이 그렁거릴 정도로 우울증이 극심한 상태였던 나는, 코로나 아니어도 그러고 다니는 판에 공식적인 복장으로 가리고 다닐 수 있어서 오히려 고마웠다. 마스크와 모자는 세균뿐 아니라 타인의 접근까지 차단해 주는 방어막이 되어주었다. 약으로도 치유되지 않던 가슴 답답한 통증, 그 해결책은 내 안에 있었다. 글을 쓴다는 건, 마음의 무거운 바윗돌 치우고 바람이 자유롭게 드나들도록 놓아주는 것이다.

나처럼 우울하거나 자기 존재감을 잃어가는 중장년, 노년기에 접어든 사람들을 흔히 본다. 그들에게 글쓰기 취미를 가져보라는 말이 나도 모르게 나온다. 그동안 가정 경제 이끄느라 수고했으니, 돈으로 얽힌 이해관계는 떠나 살아도 좋지 않겠는가. 이젠 자신만을 위한 고요한 시간 누리시라 권한다. 의외로 은퇴 후에 자신의 이야기를 책으로 써보고 싶다는 사람도 많다. 그러나 막상은 겁을 낸다. 이 나이에 어떻게 책을 쓰겠냐며 손사래 치기 일쑤다. 70이면 어떻고 80이면 어떤가. 배우면 된다. 자신의 삶을 글로 풀어내는 일, 누구나 할 수 있지만 시도하느냐 마느냐에 따라 결과가 달라질 뿐이다. 우리가 인생 전반기를 돌아볼 수 있는 나이까지 살아왔다는 것만으로도 용하지 않은가. 이제부턴 어떻게 잘 죽을 것인가도 계획해야 한다. 웰다잉으로 가는 좋은 방법이 글쓰기라 생각한다. 글쓰기는 살아온 인생을 아우르고 '나'를 비롯한 모든 인연을 잘 보내주기 위한 의식이기도 하다. 명문장을 써야 한다는 완벽함에 집착하지만 않으면 된다.

비록 늦은 나이지만 글쓰기를 택한 건 정말 잘한 일이었다. '자이언트 북 컨설팅'과 함께 하며 내가 귀담아들었던 말이 있다. '글을 쓰고 책을 쓴다는 건 다른 사람을 돕는 일이다.'라는 것. 다른 사람 돕는 일이라면 당연히 나에게도 도움이 되는 일이잖겠는가. 살아온 나의 경험을 글에 담는 과정에서 나의 아픔과 마주할 거고, 아물지 않은 상처도 치유될 것이라 믿었다. 글 쓰고 책을 출간한다는 건, 나처럼 어렵고 힘든 상황에 놓여있거나 삶의 무게에 지쳐 허우적대고 있는 사람에게 손을 내밀어 주는 일이다. 다른 사람에게 도움 주며 산다는 건 행복한 일이다. 자존감을 높이고, 삶의 의미와 가치를 부여하는 것이기도 하다.

이별의 고통과 슬픈 감정을 밖으로 표출하지 않는 건 자신을 혹사하는 일이다. 그대로 품고 있으면 스트레스가 쌓여 몸까지 해치는 독소로 남는다. 이별의 후유증으로 내 안에 가득한 슬픔을 잘 보내기 위해 글쓰기를 택했고, 나는 오늘도 글을 쓴다.

09

나를 비방하는 글로 힘들어하는 후배에게
(정인구)

며칠 전 독서 모임 S 회원에게 안부 인사로 카카오톡 메시지를 보냈다. 답글이 왔다. 여러 사정으로 힘든 일이 있다는 내용이었다. 전화했다. 목소리에 힘이 없고, 약간 떨리는 듯했다. 얼마 전 자신이 좋아했던 시어머니 상을 치르고 왔는데, 돌아가시기 전날 사내 커뮤니티에 익명으로 자신을 비방하는 글이 실렸다고 했다. 근무하는 부서는 물론 전국에 알려져 마음이 힘들다는 것이었다. 더구나 비방 글을 올린 사람이 같은 부서 직원이라 더 고통스럽다고. 뭔가 도움을 주고 싶다는 생각이 들었다. 나도 회사 다닐 때 힘든 일이 많이 있었지만, 시간이 지나면 흐려진다고 위로했다.

전화를 끊고 나니 내 이야기가 전혀 도움이 될 것 같지 않았다. 그녀 회사가 사무실과 가까운 거리라서 점심 약속을 했다. 얼굴이 횃했다. 나를 보고 억지 미소를 짓는 듯했다. 식사하러 갈 때 내 이야기는 하지 않고 듣기만 하기로 마음먹었다. 코다리찜 음식 맛 이야기만 했다. '비방 글'에 관한 이야기를 묻고 싶어 안달이 났지만 참았다. 식사 끝날 무렵 자연스럽게 그 이야기가 나왔다. 커피 마시고 헤어졌다. 표정이 올 때보다 밝아져 기분이 좋았다.

  S 회원을 생각하며 돕는다는 마음으로 아래와 같이 블로그에 글을 올렸다.

  나를 비방하는 글을 올린 사람에게 반응하는 것은 그들이 원하는 모습일 거다. 댓글로 반응하면 또 다른 악성 댓글로 나를 힘들게 한다. 법적으로 대응하는 방법도 있지만, 소송이 끝나는 동안 삶이 피폐해진다. 악성 댓글에 지혜롭게 대처하는 방법 3가지를 소개한다. 첫째, 그들이 보란 듯이 나를 사랑하고, 더 열정적이고 행복하게 살아간다. 둘째, 정신적으로나, 물질적으로 결핍된 사람이라 생각하고 안타깝고 불쌍히 여긴다. 셋째, 힘들지만 용서한다. 미워하는 마음을 가지면 내 영혼이 힘들어진다.

  '용서'에 대하여 내가 알고 있는 내용 세 가지 예시도 덧붙였다. 첫째, 오프라 윈프리는 어릴 때 사촌에게 성폭행을 당했다. 그를 용서하기 힘들었지만, 자신을 위해 용서했다고 했다. 둘째, 남아공 대통령 넬슨 만델라는 흑인 인권운동을 했다는 이유로 27년 감옥생활하고 72세 때 석방된다. 대통령에 당선되고 자신과 흑인들을 탄압한 백인을 부통령으로 임명했다. 감옥에서 나온 후 원수 갚는 일에 앞장선 것이 아니라 무조건 용서했다. 나중 노벨 평화상을 받게 된다는 내용. 셋째, 성경에는 용서를 몇 번까지 해 주어야 하냐고 제자가 묻는 말에 예수님은 일곱 번씩 일흔 번이라도 용서하라고 기록되어 있다. 무한대로 용서하라는 말이다. 최고의 복수는 용서하는 것이라고 블로그에 글을 썼다.

'용서하라고요? 그 인간을요? 절대로 용서 못 해요!'라는 소리가 들리는 듯했다. 만약 S 회원이 블로그 글을 읽는다면 자신을 위해 용서하면 좋겠다는 마음으로 썼다.

블로그 글을 쓰다 보니 내가 아직도 용서하지 못하는 인간? 이 떠올랐다. 내가 모셨던 S 과장 이야기다. 부산 자갈치에 있는 충청도 횟집에서 회식 있는 날이었다. 네 개 테이블에 싱싱한 회가 들어왔다. 멍게, 해삼, 산낙지, 홍합국, 미역국, 고구마, 땅콩과 채소가 푸짐하게 차려졌다. "우편 매출 증대와 단합을 위하여!" S 과장 건배를 시작으로 직위 순으로 건배가 이어졌다. 술잔을 주고받으며 분위기가 달아올랐다. 나는 자리를 옮겨가며 술잔을 돌렸다. 한 바퀴 돌고 과장 앞쪽에 있던 김 계장과 술잔을 주고받고 있을 때였다.

"야! 이 새끼들 기분 나빠 술 못 마시겠네."

앞자리에 있던 과장이 욕설하며 초장 그릇을 던졌다. 내 얼굴에 정통으로 맞았다. 두 주먹으로 식탁을 '꽝' 내리치고 식당 밖으로 나갔다. 매운탕이 쏟아져 바닥에 흘러내렸다. 술병과 술잔이 넘어졌다. 영문도 모르고 초장 범벅이 된 나는 안경을 벗었다. 물수건을 들었다. 흰 와이셔츠에 묻은 초장을 닦았다. 바지에 묻은 매운탕 국물을 닦고 있었다. 밖에 나갔던 과장이 신발을 신은 채 다시 방으로 들어와서 내 넥타이를 잡아당겼다. 숨을 쉴 수 없었다. 고개를 돌렸다. 과장 몸이 옆으로 쓰러졌다. 직원들이 나와 과장을 떼어냈다. 회식은 엉망이 되었다. 영문도 모른 채 당한 일, 집에 갈 수 없었다. 동료 직원 두 명과 함께 밤새 술을 마셨다.

S 과장과 같은 공간에 있다는 게 불편했다. 특히 결재받을 때는 더 힘들었다. 부서 이동할 기회가 있었지만, 과장 방해로 번번이 막혔다. 꿈에 나타나 따라다니며 괴롭혔다. 내 인생에서 제발 사라져 주기만을 바랐다. 다른 부서로 이동을 했지만 같은 건물에 있다는 사실이 힘들었다. 몇 년 후 과장이 퇴직했다. 속이 후련했다. 이후 과장 이름만 나와도 속이 부글거렸다.

비방글로 힘들어하는 그녀를 돕기 위해 '용서'라는 주제로 글을 쓰다 보니 나는 아직도 S 과장을 용서하지 못하고 있었다. 회식 날을 거슬러 올라갔다. 취중이라 나도 모르게 과장 듣기에 기분 나쁜 이야기를 했을 수도 있다. 과장 말하는 데 듣지 않고 우리끼리 이야기했을 수도 있다. 평소 내가 하는 일이 과장 마음에 안 들었을 수도 있었다. 그날 윗분들에게 속상한 말을 들었거나 집안에 안 좋은 일이 있었을지 모른다. 용서하기 힘들지만 용서하기로 마음먹었다. '용서'하라는 글을 쓰면서 내가 용서하지 않으면 안 될 것 같았다. A4용지를 꺼냈다. '나는 오늘부터 S 과장을 용서합니다.' 용지에 꽉 차게 큰 글씨로 썼다. 밖으로 나가서 라이터에 불을 붙여 쓴 종이를 불살라버렸다. 재와 함께 사방으로 날아갔다. 마음이 홀가분해졌다. 산 정상에 올라 무거운 배낭을 내려놓은 기분이었다.

S 회원을 돕는 글을 블로그에 쓰고 있었다. 용서에 관한 자료를 찾으면서 용서 마음을 품게 되었다. 내가 죽을 때까지 용서 못 할 것 같았던 과장에게 연민이 느껴졌다. 어쩌면 그도 무르고 약하고 결핍되어 완전히 무너진 마음 상태였을지 모른다. 용서하기로 마음을 정했다. 인간의 뇌는 글을 쓰면서 생각하지 못했던 것들이 파동이 일어난다. 문자로 입력하고 눈으로 보게 되면 또 다른 생각과 아이디어가 생겨난다. 그리고 자신을 바라보게 된다.

뜻밖에 일이 일어났다. 비방글로 힘들어했던 S 회원은 내가 진행하는 〈글센티브 책 쓰기 전문가 과정〉 평생회원으로 등록했다. 얼마 전 독서 모임에서 환한 얼굴로 인사했다. 내가 쓴 블로그 글을 봤다고. 함께 매일 글을 써서 카페에 올리고 있다. 지난주 브런치 작가가 되었다고 연락이 왔다.

10

마음의 쉼터, 비밀 일기장과 편지
(최미교)

학교 다닐 때 일기 검사하는 게 불만이었다. 내 생각을 마음껏 쓰지 못하는 일기가 말이 되나. 공개할 일기와 비밀 일기, 두 가지로 나누어 썼다. 공개할 수 있는 일기는 선생님과 아버지에게 검사받는 용도다. 소풍 다녀온 날 공개할 일기장에는 이렇게 썼다. '오늘은 안양 유원지로 소풍을 다녀왔다. 날씨가 좋았다. 점심을 먹고 보물찾기를 했다. 왜 내 눈에는 보이지 않는 걸까. 보물찾기 잘하는 친구가 부럽다. 다음에는 나도 꼭 찾고 싶다. 아빠가 소풍 갔다 오라고 해서 기뻤다.'

비밀일기에는 이렇게 썼다. '누룽지라니! 소풍 가는데 누룽지가 뭐야! 지혜가 점심 같이 먹자고 내 손을 잡고 끌고 갔다. 지혜 엄마가 도시락을 꺼내셨다. 흰밥, 계란으로 부친 동그란 소시지와 불고기도 있었다. 과일과 과자도 있고 사이다와 주스도 있었다. 입에서 살살 녹았다. 우리 집에서는 맛볼 수 없는 것들이다. 내 도시락을 꺼내지도 않았다. 소시지 반찬 싸주는 지혜 엄마가 우리 엄마였으면 좋겠다.'

수학여행을 한 번도 가지 못했다. 우리 반에서 나만 못 갔다. 못 가는 친구가 한 명이라도 더 있었다면 위안이 되었을 거다. 수학여행 가지 못하는 진짜 이유, 내 기분, 생각들은 비밀일기에만 쓸 수 있었다.

'봉선이네 집에 갔다. 엄마가 수학여행 갈 때 입으라고 새 옷과 신발을 사줬다고 한다. 어떠냐고 묻길래 예쁘다고 했다. 수학여행 왜 안 가냐며 같이 가자고 조른다. 아빠가 아프셔서 못 간다고 했다. 거짓말이다. 우리 집에는 돈이 없다. 아빠가 아파서가 아니라, 수학여행 갈 돈이 없어서 못 간다. 아빠가 아픈 건 사실이다. 아빠가 일을 못 하니까 엄마(세 번째 엄마)가 식당 일 해서 일당 받아온다. 그 돈으로 네 식구가 먹고산다. 수학여행 보내달라고 말할 수도 없다. 어차피 안 보내주겠지만!

봉선이네는 부자다. 우리 집은 빚만 잔뜩 있다. 아프다고 누워있는 아빠가 밉다. 수학여행 안 가는 애들은 학교에 안 와도 된단다. 아, 집에 있기 싫다. 집에서 탈출하고 싶다. 나는 왜 친구들과 다르게 살아야 할까? 나도 피아노 배우고 싶고, 책상도 갖고 싶고, 수학여행도 가고 싶다! 아빠가 너무 싫다.'

아무에게도 할 수 없는 이야기를 비밀 일기장에 쓰면 속이라도 시원했다. 편지도 두 종류다. 위로받고 싶을 때 나에게 편지를 썼다. 나를 힘들게 하는 사람들에게도 썼다. 하고 싶은 말 다 하고 바로 찢어버렸다.

이번 책을 쓰면서. 말을 꺼내기도, 글을 쓰기도 힘들었던 두 번째 엄마와 동생을 만났다. 마음속에 묻어버리면 고통이 없어질 거라 생각했다. 그리움도 사라질 거라 생각했다. 글을 쓰면서 알게 되었다. 슬픔, 아픔의 기억은 저절로 사라지는 게 아니라, 드러내고 마주해야 이겨낼 수 있다는걸. 보고 싶은 그녀에게 편지를 쓴다.

잘 지내세요?
"엄마!"라고 부르면 "으응?" 대답하던 상냥한 목소리가 들려요.
저 경희예요. 최미교로 이름을 바꿨어요. 그리고 저 작가 됐어요. 이번이 세 번째 출간이에요. 축하해 주실 거죠?
엄마랑 헤어지고 3년쯤 후부터 글을 많이 썼어요. 이야기 들어줄 사람도 없었고, 아무한테나 하고 싶지도 않았거든요. 엄마에게 편지 쓰는 건 처음이네요. 엄마와 아가를 떠올리는 게 아팠어요. 다른 글은 다 써도 그날의 이야기는 쓸 수 없었어요. 마치 아무 일도 일어나지 않은 것처럼 살고 싶었나 봐요. 글을 쓰는 작가가 되니 엄마 이야기를 세상에 내놓게 되는군요.
오랜 세월이 지났지만 엄마 모습이 생생해요. 까맣게 윤기 나는 머리카락, 예쁜 얼굴, 따뜻한 손길, 숨소리, 포근하고 향기로운 등, 엄마가 그리웠어요. 햇살 비친 툇마루에서 제 손톱에 봉숭아 물들여주던 모습이 생각나요. 상냥한 목소리로 말했죠. '첫눈 올 때까지 남아 있으면 첫사랑이 이루어진대.' 일곱 살짜리 어린아이 한테 말이죠. 지금 와서 생각해 보니 엄마의 바람이 아니었나 싶어요.

잠시 동안이었지만 엄마와 살았던 때가 가장 행복했어요. 엄마는 내 존재 그대로를 사랑해 주셨지요. 엄마에 대해 글을 쓰면서 알게 되었어요. 엄마가 준 사랑이 제 마음속에 살아 있었고, 저를 살게 한 힘이었다는 걸요. 아버지 때문에 아무리 힘들어도 화 한 번 내지 않았죠. 제게는 예쁘게 웃어주었죠. 착하고 예쁜 엄마, 고마웠습니다.

아참, 아가는 많이 컸나요? 엄마 닮아 희고 귀여웠는데. 멋진 남자 되었겠지요?

엄마에게 편지 쓰고 나니 가슴이 뻥 뚫리는 것 같아요. 그날 보았던 아가 얼굴과 엄마의 슬픈 모습을 잊을 수는 없지만, 이제부터는 덜 아플 것 같아요. 행복하게 잘 있어요. 나중에 만나면 우리 또 손톱에 봉숭아 물들여요. 그때는 제가 해 드릴게요. 잘 지내고 계세요.

두 번째 엄마 이야기는 내가 작가가 되지 않았다면 영원히 가슴속에 묻어 두었을 거다. 글을 쓰면서 알게 되었다. 가끔씩 걷잡을 수 없이 우울했던 이유를. 연예인의 안타까운 소식이 들릴 때, 왜 그렇게 깊이 공감했는지를. 반려견 아롱이가 떠났을 때, 주변 사람들이 걱정할 만큼 슬픔에 빠져있었는지를 말이다. 새로운 사실도 알게 되었다. 상실의 고통 너머에, 내가 가장 행복했던 모습이 있었다는 걸. 그 힘으로 지금까지 살아올 수 있었다는 것도.

글을 쓰는 행위는 마음 치유 효과가 있다. 치유한다는 의미는 '나를 제대로 앎'이다. 마음속 깊은 곳에 숨겨둔 비밀이 있을 때, 주기적으로 마음이 힘들 때, 누구에게도 도움을 청할 수 없을 때, 나에 대해 제대로 알고 싶을 때 글을 쓴다. 거창하게 준비할 필요 없다. 조용한 공간, 종이와 펜만 있으면 된다. 마음 둘 곳 없을 때 나를 위로해 주고 비밀을 털어놓아도 좋은 곳, 임금님 귀는 당나귀 귀라고 소리칠 수 있는 대나무 숲 같은 곳, 비밀 일기장과 편지는 영원히 내 마음의 쉼터다.

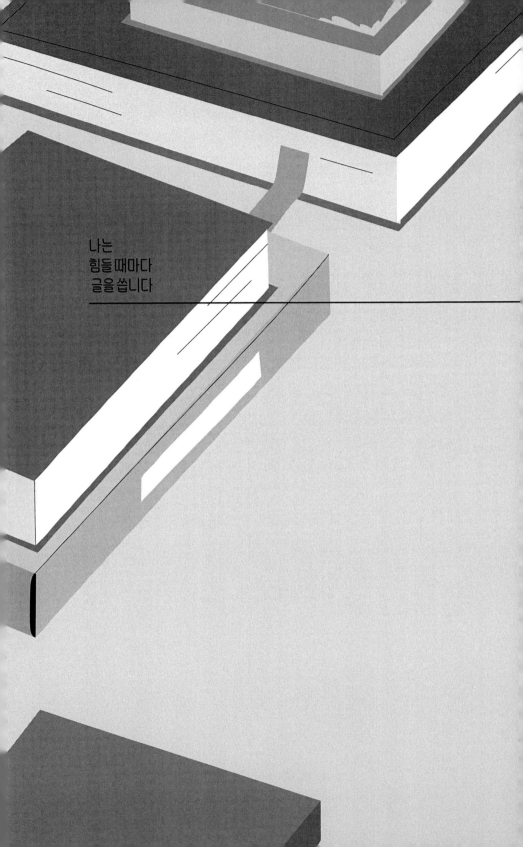

나는
힘들 때마다
글을 씁니다

3장

덕분에
힘을 냅니다

01

굿모닝! 글모닝! 럭키비키
(글빛현주)

2024년 10월 31일 새벽 5시, 글 쓰는 아침이 40회가 되었습니다. 생각지 못했던 일을 해내고 있습니다. '일석삼조' 미라클 모닝, 글 모닝, 이미 성공한 하루를 시작합니다.

2022년 12월 '이은대 자이언트 북 컨설팅' 책 쓰기 정규과정에 등록했어요. 2023년 1월 운 좋게 열 명이 함께 쓰는 공저(공동 저서)에 참여할 수 있었습니다. 그전까지 초고가 뭔지 퇴고가 뭔지도 몰랐습니다. 열 명이 한 권의 책을 출간한다는 것, 다른 작가들에게 피해 주면 안 된다는 생각으로 썼습니다. 세 번의 퇴고 후 출판사에 원고를 보냈습니다. 편집본을 받고 마지막 수정을 했지요. 책 표지 디자인이 나오고, 인쇄가 들어간다는 말을 들었습니다. 믿기지 않았어요. 며칠 후 교보문고에 입고 된다는 안내문을 봤습니다. 그제야 떨렸습니다. 하루에도 열두 번 출판사 홈페이지를 들락거렸지요. 꿈인가. '정말 우리 책이 교보문고에 나온다고?' 자이언트 공저 8기 《오늘이 전부인 것처럼》이 2023년 6월 출간됐습니다.

　2023년 7월 20일 개인 저서를 쓰기 위해 제목과 목차를 정했습니다. 그동안 공저를 네 권을 더 출간했습니다. 여전히 시작하는 게 두려웠습니다. 그래도 쓰면 출간된다는 걸 경험했기에 자신감이 생겼습니다. '완벽한 글은 쓸 수 없다. 잘 쓰고 싶은 건 욕심이다. 쓸데없는 욕심 버리고 지금 실력만큼만 쓰자.' 미루고 주저하다가 끝내 포기한 일들이 많았습니다. 더는 후회하고 싶지 않았어요. 책 쓰기 수업도 빠지지 않으려 노력했습니다. 쓰면서 공부하고, 꾸준히 복습한다면 제 글도 조금씩 좋아질 거라 믿었습니다.

　공저와 달리 개인 저서는 1장에서 5장까지 40편의 글을 써야 합니다. 편당 A4용지 1.5매 분량이 됩니다. 오롯이 혼자 써야 합니다. 초등학교 여름방학 이후 처음으로 계획표를 만들었습니다. 2024년 5월 출간하겠다는 목표를 정했죠. 그렇게 하려면 적어도 2023년 11월에는 초고를 끝내야 합니다.

　의지가 약하고 포기가 쉬운 저를 어떻게든 쓰게 만드는 것이 중요했습니다. 첫 열흘간은 꾸준히 잘 썼습니다. 매일 썼습니다. 다른 작가들의 출간 소식이 들릴 때마다 주먹을 꼭 쥐었지요. 그런데 시간이 지날수록 안 좋은 습관이 나오기 시작했죠. 이런저런 핑계를 만들었어요.

　주제가 너무 무겁다, 글감이 없다, 분량 채우기 힘들다, 오늘은 바쁘니까, 피곤해, 내일로, 다음으로. 미루고 미뤘습니다. 결국 초고를 쓰기 시작한 지 두 달 만에 1장 8편의 글을 쓰고 멈췄습니다.

오픈 채팅창에 하루가 멀다 출간 소식이 올라옵니다. 벌써 600명이 넘는 작가들이 책을 출간했어요. 너도나도 축하한다는 글을 남깁니다. 저도 축하 글을 썼지요. 부럽기도 하고 씁쓸하기도 했습니다. 쓰다 포기한 초고 생각이 났거든요. '나는 언제 쓰냐' 한숨이 나왔습니다.

자이언트 북 컨설팅 인증 라이팅 코치, [글빛이음] 책 쓰기, 글쓰기 코치입니다. 2023년 5월 첫 온라인 무료 특강을 했습니다. 글쓰고 싶은 사람, 책 출간하고 싶은 사람, 작가의 꿈을 갖고 있는 사람들의 글쓰기, 책 쓰기를 돕습니다. 그런 글 쓰는 코치가 개인 저서가 없다는 게 말이 되나 싶었어요. 제가 수강생 입장이라면, 이런 코치에게 글쓰기를 배우고 싶을까. 자신감이 떨어졌습니다. 걱정이 많아지고 머리가 복잡했습니다. '그만둔 초고 다시 쓸까. 또 포기하면 어떻게 하지.' 고민만 했지요. 잠자고 일어났는데 마법처럼 책이 출간됐으면 좋겠다고 생각했습니다. 그나마 전자책네 권 출간한 걸 다행이라고 생각했어요. 전자책도 개인 저서니까요. 요즘엔 전자책 출간하는 사람도 많고……. 스스로 위로했습니다. 답답한 마음에 컴퓨터 책상 앞 창문을 활짝 열었습니다.

2024년 3월, 개인 저서 쓰기에 다시 도전했습니다. 이번엔 무슨 일이 있어도 꼭 끝내겠다 굳게 마음먹었어요. 마음먹은 대로 일이 진행된다면 얼마나 좋을까요. 열정은 떨어지기 마련이고, 굳은 마음도 자주 흔들립니다. 다행인 것은 첫 번째 개인 저서를 쓸 때와는 제 마음이 조금 달라졌습니다. 비교하지 않겠다 결심했거든요. 다른 사람 대하듯 말했습니다. 할 수 있다고 지지하고 응원했어요. '사람마다 속도가 달라. 넌 네 속도로 가면 되는 거야. 포기만 하지 않으면 반드시 할 수 있어. 알잖아?' 있는 그대로 저를 인정하기로 했습니다.

미라클 모닝을 못 하는 사람, 늦은 밤까지 일하는 사람, 아침 늦잠은 당연하다 생각했습니다. 어느 땐, 남편 출근하는 것도 못 봤지요. 잠결에 들리는 다녀온다는 말에 웅얼거리며 대답했습니다. 가끔 아이들 등교하는 것도 챙기지 못했습니다. '나는 밤에 집중이 잘 되는 사람'이라 말하면서 낮엔 팽팽 놀다가 늦은 밤, 글을 쓴다고 책상 앞에 앉았습니다.

핸드폰 문자를 확인하다 유튜브에 빠져들어 시간을 흘려보냈고요. 잠시 이메일만 확인해야지 했다가 필요하지도 않은 물건을 구경하고 있었습니다. 엉뚱한 짓으로 시간을 허비했어요. 문득 시계를 보면 한두 시간 훌쩍 지나 있었지요. 초고도 제대로 못 쓰고 피로만 쌓였습니다. 방법을 찾아야 했지요.

2024년 8월 19일 새벽 5시 글쓰기를 시작했습니다. 전날 채팅방에서 우연히 나눈 대화 속에서 '럭키비키'란 말 처음 들었습니다.

네이버에 검색하니 가수 장원영이 한 말이더라고요. 단순한 긍정을 넘어선 긍정적 사고. '나에게 일어나는 모든 일은 결국 나에게 좋은 일이 된다.' 의미를 담고 있다고 합니다. 이거다! 바로 '굿모닝! 글모닝! 럭키비키'를 만들었습니다. 글 쓰는 습관을 만들기 위해, 저를 위해 만들었습니다. 초고 완성, 글 쓰는 습관, 미라클 모닝에 아침 루틴까지 '일석삼조', 완벽한 계획. 혼자 감탄하며 손뼉을 쳤습니다. 같이 글 쓰자고, 글 쓰는 습관 만들어 보자고 홍보했습니다. 새벽 4시 45분 채팅장에 ZOOM 링크를 공유했습니다. 막상 공지하고 나니 걱정됐어요. 아무도 안 오면 어쩌지. 뭘 어째, 혼자라도 하자 마음먹었죠. 그렇게 시작한 글 쓰는 아침 40회가 된 겁니다. 꾸준히 참석하는 사람은 서너 명. 제법 습관으로 자리 잡고 있습니다.

환경이 중요하다는 걸 깨달았습니다. 같이하는 사람이 중요하다는 것도요. 할 수밖에 없는 상황에선 반드시 결과가 나옵니다. 같은 길을 걷는 사람, 함께 한다는 것의 의미도 깨닫게 되었습니다.

글을 쓰면서 저를 관찰하고 주변은 돌아보게 됩니다. 그 과정에서 저를 조금 더 알게 되었죠. 인정하고 받아들일 수 있었습니다. 지난 실수와 실패를 반성하는 시간도 가졌습니다. 같은 실수 반복하지 말자는 다짐도 했지요. 살면서 마주할 수 있는 다양한 상황 좋든 싫든 문제는 생길 수 있습니다. 글을 쓰면 문제에 집착하기보다 해결에 집중할 수 있게 되는 것 같아요. 같은 실수와 후회를 반복하지 않는 조금 더 나은 어른이 되는 길, 제게는 글쓰기가 답입니다.

정서적 네트워크
(김혜련)

책 쓰기 강좌를 들었다. 서울, 부산까지 오르내리며 책 쓰기 과정을 수료했다. 수강료도 꽤 비쌌다. 환갑에 출판 기념회를 한다는 목표가 있었다. 고액의 개인 수강까지 들었다. 그 덕분에 출판사와 계약을 맺었다. 그러나 출간으로 이어지지 못하고 상처만 남았다.

내가 이렇게 유약한 멘탈인지 몰랐다. 출판사 대표는 책의 기획서는 좋다고 하였다. 초고를 본 피드백은 자존감을 바닥 치게 했다. 모진 소리로 강한 자극을 주려는 듯 상대를 위한 배려는 없었다.

선생님께 야단맞는 상황 같았다. 왜 책을 쓰려고 했는지 후회되었다. 정말 유아교육에 40년 인생이 담겨있는지 생각해야 했다. 유아교육 하는 사람들이 책을 읽고 나면 대 선배에게 무엇을 배우는 책이 될까? 어떤 느낌으로 독자들이 유아교육을 다시 마주하게 될까? 아니, 같은 길을 걷고 있는 인생길에 무슨 도움이 될까? 자서전적으로 살아온 길을 따라 읽다 보면 느끼는 바가 곧 그 사람의 몫이 아닐까?

　대표의 말은 나의 자서전적 삶에 아무도 관심 없다고 했다. 유명인도 아니고 그런 책이 팔리겠느냐는 것이었다. 팔리기 위해 쓰는 책은 아니었다. 적어도 유아교육 현장의 기쁨, 슬픔, 보람, 아픔, 행복, 희망을 전하고 싶었다. 책 쓰기를 포기할 생각을 했다. 상처의 크기만큼 후회되고 마음 아팠다.

　시간이 지난 후 다시 펼쳐보았다. 주제 이야기는 분량이 작고 나의 과거사만 쓴 것이 맞았다. 그러니까 전문가에게 호된 글쓰기 신고식을 치렀다. 지인들은 '언제 책이 나오나요?'라며 아픈 정곡을 찔렀다.

　2021년 9월, 글쓰기를 제대로 배워보고 싶었다. 등잔 밑이 어둡다고 내가 사는 대구에 책 쓰기의 메카 자이언트가 있었다. 단체 카톡 방마다 책 쓰기 시작을 공개하며 마음을 다잡았다. 지켜보는 눈을 의식하려는 환경 세팅이었다. 다시 시작하는 글쓰기는 커다란 물웅덩이에 고여있는 시간이었다. 뚫고 나오기 힘들었다.

　입과한 지 3년 만에 공저 7기로 한 권의 책을 출간했다. 10명의 예비 작가와 다섯 꼭지의 글을 썼다. 평범한 사람의 멘탈 관리법 《나는 일상에 무너지지 않는다》였다. 여러 작가의 글 속에서 독자들이 멘탈을 잡아가는 힘을 찾는 데 도움 되기를 바랐다.

　자이언트 공저 특강을 줌으로 발표했다. 아홉 작가의 진솔한 강의와 자이언트 식구들의 아낌없는 응원이 고마웠다. 열 번째 마지막 순서였다. 어떤 이야기가 도움 될지 고민하고 또 고민하며 ppt 를 서너 개 만들었다. 강의안을 적고 화면에 맞추어 보았다. 강의 당일 저녁까지 크로마하프로 '바램' 노래 연주 동영상을 촬영했다. 강의 끝에 떼창? 을 기대했다. 기기 작동 오류로 실패했다. 미안하고 아쉬웠다. 라이브로 하라고 응원해 주었다. 악기연주를 라이브로 했으나 그것마저 잘 들리지 않았다. 이런 실수도 하는구나! 마지막 순서여서 다행이었다. 아쉽기는 하였지만, 그 또한 긍정적으로 생각했다. 실수했어도 채팅창에는 격려 글이 쏟아졌다. 덕분에 힘이 났다. 역시 자이언트 가족답다. 어쩌지? 자이언트와 사랑에 빠진 것 같다. 역시 사람이 답이다.

매월 셋째 주 세 시, 잠실 교보문고에서 자이언트 저자 사인회를 한다. 처음으로 공저 7기 김은정 작가 사인회와 두 번째로 김위아 작가 사인회에 참석했다.

동대구에서 11시 36분 기차를 타고 수서역으로 출발했다. 집중호우로 18분 연착하였다. 점심을 굶고 잠실 교보문고로 갔다. 2시 30분에 도착했다. 사부님과 줌으로 보던 작가들을 대면으로 만났다. 역시 자이언트다. 작가들이 많이 왔다. 작가의 테이블 위에는 미니 배너와 축하 꽃다발이 자리를 채우고 있었다. 3시 정각에 사인회를 시작하였다. 섬세한 김위아 작가는 수첩과 명함, 신간 저서를 기념으로 증정하였다. 그날은 김위아 작가 저자 사인회이면서 '자이언트 잠실 교보 저자 사인회 1주년'이라 했다. 자이언트 잠실 교보 저자 사인회는 비대면으로 만난 사람들이 대면으로 월 1회 만날 수 있는 자리다. 백란현 작가는 12회 모두 참석하였다고 했다. 그 열정과 정성, 의지에 박수를 보냈다.

뒤풀이 장소에서 축가와 맛난 음식으로 친교의 시간을 가졌다. 두 번째 참석이라 어색함이 덜했다. 오늘 처음 참석한 5~6명의 작가소개를 시작으로 맛난 음식이 차려졌다. 내 자리 옆에 처음 참석한 세 명의 작가가 있었다. 쭈뼛한 자세로 시선 처리까지 처음 참석했던 나를 보는 듯했다. 서로 이름을 나누었다. 다음에도 기억해야 하는데 얼굴과 이름 매칭이 제일 어렵다. 혹시 이름을 또 물어봐도 이해하여 주길 바랐다.

영어학원을 운영하는 김위아 작가는 의지가 강하다. 사인회를 앞두고 축하 공연으로 해금을 연습하였다. 자이언트 잠실 사인회 1주년 맞이 사부님을 위한 '등대지기' 곡을 연주하였다. 대단하다. 얼마나 노력하였을지 그 정성에 감탄했다. 뒤풀이는 재미와 감동과 사람 냄새가 나는 소박한 자리였다.

동료 작가들이 미리 준비해 온 1주년 기념 현수막 앞에서 단체 사진 촬영을 하였다. 나도 잠실 교보문고 자이언트 저자 사인회의 주인공이 되는 희망을 품었다.

작가들의 축하를 받는 것, 책 출간을 앞둔 경험을 나누는 것은 글쓰기의 동기유발이 되었다.

〈나는 오지랖으로 돈을 번다〉에서는 나의 일을 존중하거나 칭찬하는 사람 또는 나를 아끼는 사람으로부터 용기와 힘을 얻으라고 했다. 정서적 지지를 위한 네트워크 멤버는 내가 역경에 처했을 때 버팀목이 되어준다고 하였다.

대면이든 비대면이든 테두리 밖의 사람은 항상 있다. 그 사람이 나였을 때도 있었다. 크게 개의치 않는다. 나에게는 '정서적 지지를 위한 네트워크'의 멤버가 있기 때문이다. 줌으로 만나는 자이언트 책 쓰기, 독서 모임 천무, 문장 수업의 자이언트 북 컨설팅 예비 작가들이다. 네트워크는 엉킨 혹은 꼬인 실타래일 수 있고 거미줄처럼 연결되는 인연이 될 수도 있다. 기꺼이 그들의 지지자로서 해야 할 역할이 있다. 마음을 다시 다잡는다. 한 달 살기로 어디든 가는 것처럼 바짝 한 달 매달리면 못 할 것도 없다. 생각은 하늘을 찌른다. 책은, 쓰고 싶어 쓰는 게 아니라 써야 한다는 의무감으로 해야 한다는 우리의 등대지기 이은대 사부의 말처럼 나의 경험이 독자들에게 도움이 될 수 있는 글을 쓰고 남겨야 한다. 작가 선배들로부터 한 수 배워보고 인생 후배들에게 한 수 가르쳐주는 일상을 만들고 싶다. 자이언트와 함께라서 좋다.

03

하얀 종이 위에 쏟아내기
(서주운)

'감정 쓰레기통'이라는 말 들어보셨나요?

말 그대로 '감정'과 '쓰레기통'을 합한 말인데요. 마치 휴지를 쓰레기통에 버리듯, 누군가가 자신의 부정적인 감정이나 스트레스를 다른 사람에게 쏟아내고, 듣는 사람은 고스란히 그 감정을 받아내는 쓰레기통이 되는 것을 의미합니다. 의도가 있든 없든 듣는 사람은 정서적으로 부담스럽고 좋지 않은 영향을 받게 되는 것이지요.

감정 쓰레기통이 되어 본 적 있습니다. 2017년 지사장으로 교육 회사에 다녔을 때 있었던 일입니다. 친하게 지냈던 k 지사장은 늘 힘들다는 말을 입에 달고 다녔습니다. 하루는 관리지역 모 원장님이 회사 규정대로 교육원을 운영하지 않고 고집을 피운다며 힘들다고 했습니다. 다른 날은 남편이 가정일에 손가락 하나 까딱하지 않는다고 불만을 토로했습니다. 어느 날은 본사의 대응이 적절하지 않다며 억울해하기도 했습니다.

힘들고 속상한 기분이 들 때 있습니다. 누군가에게 이야기해서 공감도 얻고 위로도 받고 싶어집니다. 맞습니다. 그럴 수 있지요. 그럴 때마다 우리는 서로 토닥이며 힘이 되어줍니다. 다만 너무 심하거나 과할 때 문제가 되기도 합니다. 처음 5분, 10분이었던 하소연은 점점 길어져서 한 시간, 두 시간 되었습니다. 사사건건 일이 나고 사건이 터질 때마다 전화를 걸어 감정을 쏟아냈습니다.

"지사장님~~~" 이미 목소리에 갖은 짜증과 불만, 속상함이 묻어나 있었습니다. "○○○점 원장 나이도 어리면서 어쩜 그래?" 하며 점점 격양되어 소리쳤습니다. 순간, 마치 내가 그렇게 만든 사람이 된 것 같았습니다. 그 원장한테 말을 해서 문제를 해결하라고 했습니다. 어떻게 그러냐고 합니다. 그나마 지사장님이 들어주니까 이야기하는 거라 했습니다. 쏟아내는 사람은 속 시원할지 몰라도 받아주는 사람은 스트레스가 될 수 있습니다. 그 뒤로도 비슷한 하소연은 계속되었고 몇 차례 더 들어줄 수밖에 없었습니다. 퇴사하고 나서야 감정 쓰레기통 역할을 끝낼 수 있었습니다.

살다 보면 힘들 때가 많습니다. 나 개인적인 일은 물론, 가족에 관한 일, 회사 관련 일, 사람 관계로부터 오는 갈등 등 아주 다양합니다. 그러면 우리는 그 어려움을 누가 좀 알아주길 원하기도 합니다. 누군가에게 의지하고 싶어지기도 합니다. 탓을 돌리기도 하고 해결을 구하기도 하지요.

힘들 때일수록 글을 씁니다. 청각장애인 아들 규연이가 인공 와우 기계가 고장 나서 학교에 가고 싶어도 갈 수 없었던 그날에도 글을 썼습니다. 치매를 앓고 있는 엄마가 길을 헤매고 집을 못 찾은 날에도 글을 쓸 수밖에 없었습니다. 다니던 네일샵 사장이 회원들 적립금을 모두 들고 야반도주했다는 소식을 들은 날에도 글을 쓰며 그를 용서했지요. 누군가에게 감정을 쏟아내듯 하얀 종이 위에 글을 쏟아냅니다. 종이는 아무 말 없이, 어떤 대가도 바라지 않고 조용히 다 받아줍니다. 종이 덕분에 글을 쓰다 보면 힘이 들었던 마음에 힘이 생깁니다.

첫째, 불안한 마음이 차분해집니다. 누구나 힘든 일이 생기면 아프고 상처받습니다. 왈칵 눈물이 나기도 하고요. 슬프거나 억울하거나 괴로운 감정이 들게 마련입니다. 규연이가 듣지 못해 학교에 못 간 날. 너무 속상했습니다. 마냥 내 탓 같아서 참을 수 없었습니다. 글을 쓰면서 그때 느꼈던 모든 감정을 쏟아내었지요. 하나도 빠짐없이 다 썼습니다. 글을 쓰는 동안 나도 모르게 감정이 누그러졌습니다. 바다를 삼킬 듯 큰 파도처럼 요동쳤던 마음이 잔잔한 호수가 되었습니다. 글쓰기는 지금 내 기분이 어떤지, 정확한 나의 감정을 알아챌 수 있게 해줍니다.

둘째, 감정적이 아니라 이성적으로 생각하게 됩니다. 힘든 일을 마주하고 있자면 이미 나는 감정적으로 휩쓸려있습니다. 모든 사실과 정황을 객관적으로 볼 수가 없게 되지요. 엄마가 치매로 길을 잃고 헤매던 날, 너무 슬프고 마음 아파 울기만 했습니다. 괴로운 감정에 빠져 일상이 흔들리기도 했지요. 글을 쓰고 쓴 글을 찬

찬히 들여다보면서 주관적인 감정을 털어낼 수 있게 되었습니다. 이성적으로 현실을 직시할 수 있었지요. 마음은 차분해졌고 지금의 힘듦을 좀 더 객관적인 태도로 대할 수 있었습니다. 엄마를 위해 어떻게 해야 하는지, 방법은 무엇이 있는지 생각하게 되었습니다. 시련과 고통을 받아들이고 이해하며 해결책을 찾게 됩니다.

셋째, 부정적인 생각을 긍정적으로 바꿔줍니다. 힘든 일이 일어나면 나를 탓하거나 남을 비방하며 부정적인 생각을 하게 됩니다. 왜 하필 나에게 이런 일이 일어났는지 세상을 비난하기도 하고요. 그때 그 일만 아니었어도, 그때 그 사람만 안 만났어도 하며 책임을 전가하기도 합니다. 회원들 적립금을 들고 달아난 네일샵 사장을 생각하며 뭐 그런 사람이 다 있나? 신고해야 하나? 그 돈 얼마 한다고 회원들 뒤통수를 치나 하고 화가 나기도 했습니다. 부정적인 생각들은 한없이 꼬리에 꼬리를 물고 좋지 않은 방향으로 이끌었지요. 글을 쓰면서 마음이 바뀌었습니다. 무슨 사정이 있었겠지, 지금쯤 얼마나 불편할까, 혹시 다른 큰일이 난 건 아닐까. 걱정이 들기까지 했습니다. 힘든 사람 도와주었다 생각하자. 글을 쓰며 그를 용서하게 되었습니다. 글 쓰는 행위는 모든 부정적인 생각을 긍정적으로 바꾸게 도와줍니다.

하얀 종이는 '감정 쓰레기통'이고, 글을 써 내려가는 것은 '감정 여과기'와 같습니다. 글을 쓰지 않았다면 힘든 일 있을 때마다 어찌했을까 싶습니다. 아마 모르긴 몰라도 하루하루를 단단하게 버티고 매일매일을 감사로 웃으며 살아가진 못했을 겁니다. 생각만 으로도 아찔합니다.

지금도 힘든 일이 생기면 부정적인 감정에 감전되지 않도록 종이 위에 글로 모두 쏟아냅니다. 어김없이 글을 쓰는 과정에서 좋지 않았던 감정이 필터링되어 좋은 감정으로 돌아옵니다. 글을 쓸 수 있어서 다행입니다. 글쓰기 덕분에 위로받고 힘을 내어 오늘을 살아갑니다.

언제든 만날 수 있는 친구
(서한나)

글쓰기를 배우기 전, 힘들 때 친구 먼저 찾았습니다. 만나서 수다 떱니다. 술을 마시기도 하고요. 내가 얼마나 슬프고 비참한지를 안줏거리 삼았습니다. 그렇게 이야기하고 나면 한결 마음이 나아지는 것 같았습니다. 후련한 것 같았던 마음은 잠시. 더 힘들게 느껴지기도 했습니다. 지금은 무슨 일이 생기면, 혼자 있으려 합니다. 그리고 글을 씁니다. 글 쓰면 좋은 점 세 가지를 정리해 봤습니다.

첫째, 감정이 정리됩니다. 고등학교 1학년. 반에서 여섯 명 정도가 같이 어울렸습니다. 시험 기간, 서현이와 지우가 무슨 일인지 며칠간 말을 하지 않았습니다. 왁자지껄해야 할 점심시간에도 조용히 밥만 먹었습니다. 시험이 끝나는 날. 서현이와 지우 빼고 모였습니다. 둘이 서먹한 바람에 다 같이 놀려던 계획이 틀어졌기 때문이었지요. 누구랑 놀지 서로 물었습니다. 서현이와 지우가 각자 모임을 열었기 때문이죠. 서현이와 같은 동네 삽니다. 등하교 같이합니다. 지우도 친합니다. 고민하다가 지우와 만났습니다. 그날, 논 사람들끼리 그룹이 나뉘었습니다.

몇 달 뒤, 서현이와 제가 싸울 뻔했습니다. 하교 시간, 집 가려는 아이들로 복도가 붐볐습니다. 화장실을 갔다가 교실 앞문으로 들어가려는데, 열댓 명 아이가 몰려 있습니다. 아이들 틈을 비집고 교실로 들어가야 했습니다. 문 앞에는 서현이도 서 있었지요. 제가 교실 안으로 들어가는 순간. 서현이가 소리를 지르며 뭐라고 하더라고요. 나에게 하는 말이 아닌 줄 알았지요. 책상 옆 통로를 따라 뒷문 쪽으로 갔습니다. 교실 뒷벽 거울로 서현이가 보였습니다. 놀라서 뒤를 돌아봤지요. 서현이는 얼굴이 시뻘게져 욕하고요. 친구들은 서현이를 둘러싸서 몸을 잡고 있습니다. 서현이를 잡은 친구들이 저보고 빨리 자리를 뜨라고 했지요. 매고 있던 가방이 서현이와 닿았나 봅니다. 일부러 자기를 밀쳤다고 생각한 것 같았습니다.

학년이 바뀌었는데, 서현이와 지우가 같은 반이 됐습니다. 그때 지우에게 원망을 들었습니다. 저 때문에 서현이와 불편한 사이가 되었다고요. 이제는 서현이랑 잘 지내고 싶은데 그러지 못한다고 하더라고요. 이야기를 듣는데 너무 황당하더라고요. 머릿속이 하얘졌지요. 아무 말 못 하고 집으로 돌아왔습니다. 집에 오는 내내 속으로 생각했지요. '야. 김지우!! 말은 똑바로 해야지. 네가 서현이랑 싸워서 이렇게 되기 시작한 건데, 왜 내 탓을 하냐? 웃기네.' 속상한 마음을 집에 와서 노트에 끄적였습니다. 한껏 감정이 올라

와서 욱했던 마음이 좀 나아졌습니다. 기억 못 할 수도 있다는 생각이 들었습니다. 자기가 싸운 것보다 내가 싸울뻔했던 일이 더 크게 느껴졌을 수도 있고요. 그런 일로 잘잘못을 따진다 한들 서현이와 관계를 돌릴 수 있는 것도 아니었습니다. 감정을 한결 가라앉힐 수 있는 계기가 되었지요.

둘째, 해결책을 찾을 수 있게 됩니다. 임신하면서 퇴사했습니다. 돌아갈 회사가 있었다면, 언제부터 일할지 걱정하지는 않았을 겁니다. 정해진 날짜에 복직하면 되니까요. 아이까지 키우니 경제적으로 넉넉하지 않았습니다. 앞으로 어떻게 살아야 할지 막막하더라고요. 출산 전 하던 일을 계속할 수 있을지도 고민이 됐습니다. 이참에 다른 일 할까 싶기도 했죠. 일을 시작한다면 아이를 어떻게 해야 할지, 어린이집 하원 후에는 누구에게 맡길지 등도 생각해야 했습니다. 양가 부모님이 돌봐주실 수 있는 상황은 아니었으니까요. 생각만 하니, 걱정만 늘었습니다. 소화도 잘되지 않고요. 머리는 지끈거렸습니다. 목덜미부터 어깨까지 뻐근한 날이 반복됐지요. 어떻게든 이 상황을 해결하고 싶었습니다.

책상 앞에 앉아서 펜을 들었습니다. 지금 상황을 글로 썼습니다. 회사를 다시 간다는 전제로 글도 적어보고요. 다른 일을 하는 것도 생각해 보고 작성했습니다. 머릿속에 있던 것들을 꺼냈습니다. 막상 펼쳐놓고 보니 그렇게 복잡한 문제는 아니었습니다. 글을 눈으로 보니 생각이 정리되더라고요. 쓴 내용들을 보면서 하던 일을 계속하지 않는다고 결론 내렸습니다. 좋아하는 일입니다. 하지만, 내가 바라는 삶의 모습과 일치하지 않는다는 것을 깨닫게 되었습니다. 결정하고 나니 생각이 가벼워졌습니다. 앞으로 무슨 일을 해야 할지 생각나는 대로 몇 가지 적었습니다. 그간에 배웠던 것 중 직업을 삼을 수 있을 만한 게 있는지도 찾아보고요. 글쓰기 코치를 해야겠다고 결정한 계기가 되었습니다.

셋째, 공감받을 수 있습니다. 아이 출산 후 첫 엄마 생일이었습니다. 아이는 6개월이었고요. 엄마는 찬이가 태어난 이후로 같이 식사할 때 빨리 먹고는 아이를 봐주셨습니다. 고맙지만, 불편하기도 했지요. 저와 남편이 번갈아 가며 아이를 안고 식사했습니다. 그런 모습을 본 엄마는 밥을 허겁지겁 먹기 시작합니다. 수저를 내려놓고, 제가 앉아 있는 자리로 왔습니다. 엄마는 말합니다. 찬이 이리 줘. 내가 안고 있을 테니까. 밥 편히 먹어. 엄마의 그런 모습이 보기 싫었습니다. 나도 모르게 눈을 부릅뜨고 엄마를 쳐다봤습니다. 엄마, 내가 알아서 할 테니 엄마는 식사나 하시라고 말했지요. 목소리가 생각보다 크게 나왔습니다. 말하고 나서 아차 싶더라고요. 엄마는 얼굴이 굳은 채 나를 한 번 쳐다보더니 아이를 안아서 식당 밖으로 나가버렸습니다.

식사하는데 엄마가 마음에 걸립니다. 음식을 씹고 있지만 맛이 나질 않았습니다. 먹는 둥 마는 둥 하다가 엄마에게 갔습니다. 식당 밖에서 손주를 안고 있는 엄마. 저를 보자마자 고개를 돌려 다른 곳을 쳐다봅니다. 저는 엄마 옆에 바짝 붙어 섰지요. 엄마에게 말했습니다. 엄마 생일마저 편하게 식사하지 못하는 모습이 싫어서 그런 건데, 나도 모르게 말이 너무 툭 튀어나왔다고. 말하고 보니 실수로 엄마 생일을 더 망친 딸이 되었다고요. 이 일을 글로 썼습니다. 공감과 댓글이 많이 달렸습니다. 댓글을 보니 비슷한 경험을 가진 사람이 꽤 있더라고요. 저만 불효녀는 아닌가 봅니다. 이런 상황에서 지혜롭게 이야기할 방법도 알려주더라고요. 엄마 생각에 가슴이 뭉클해졌다는 댓글도 달렸고요. 제 블로그 포스팅에 댓글과 공감이 많이 달린 적은 처음이었지요. 이 내용으로 글을 쓰길 잘했다고 생각했지요. 내 글이 읽는 사람에게 도움 될 수 있다는 걸 알았습니다.

글을 씁니다. 특히, 힘들거나 괴로울 때는 꼭 쓰려고 합니다. 사람들을 만나서 내 힘듦을 이야기하고 위로받는 것은 잠깐입니다. 때로는 속사정을 말하기 어려울 때도 있습니다. 문제는 내가 마주해야 합니다. 해결할 수 있는 사람도 나뿐입니다. 그럴 때 가장 좋은 방법이 글쓰기입니다. 내가 시간을 내기만 하면 됩니다. 언제든 만나줍니다. 잘 쓰려고, 멋들어지게 쓰려고 하지 않아도 됩니다. 있는 그대로 쓰기만 하면 됩니다. 글을 적다 보면 나에게 필요한 말을 알게 됩니다. 혼잣말로 중얼거려 봅니다.

"한나야, 괜찮아. 잘했어. 그럴 수도 있지. 다음엔 더 잘하자."

05

글쓰기는 삶에 강력한 도구가 될 수 있다
(석승희)

세상이 참 많이 달라졌다. 손가락 몇 번의 동작만으로 우리가 원하는 정보를 찾을 수 있다. 찾아볼 수 있는 정보의 양은 엄청나다. 이렇게 정보를 쉽게 얻을 수 있게 되다 보니 점점 더 쉬운 것만 선호하게 된다. 생각을 안 하려고 한다. 생각하는 것이 어렵다고 한다. 심지어 생각하는 시간이 아깝다고 여기는 사람들도 많다. 쉬운 것을 좋아하니 어려운 것은 하지 않거나 피하려고 한다. 하지만 우리가 살아가면서 쉬운 일만 하고 살 수는 없다. 어려운 순간은 누구에게나 오게 되고 오더라도 한 번으로 끝나지 않는다.

그러면 우리는 어떻게 해야 할까. 어려움을 이겨내기 위한 방법을 고심하게 된다. 그 방법 중 쉬운 것이 글쓰기가 될 수 있다. 글을 쓰면 좋은 점이 많은데, 몇 가지만 이야기해 보려 한다.

글쓰기의 좋은 점 중에 첫 번째는 감정에 정화와 스트레스 해소이다. 말로 표현할 수 없는 감정을 글로 대신할 수 있다. 예를 들어 기분 나쁠 때나 화가 날 때 상대에게 직접적으로 말할 수 없을 때 종이 위에 마구 써보면 뭔지 모를 시원함이 느껴진다. 풀지 못하고 마음에 담아 두면 불편한 감정이 지속된다. 나만 볼 수 있지만 느껴지는 대로 문장들을 늘어놓으면 써놓은 문장들을 보고 왜 그런 마음을 가지게 되었는지 다시 돌아보게 된다. 그 과정에서 내가 나에게 위로가 되어준다. 스스로 토닥토닥 공감해준다. 아무리 동요가 크게 생기는 감정이라도 누군가가 공감해주면 조금 약해지기 마련이다. 일이 잘 풀리지 않을 때, 스트레스를 받는다. 풀리지 않는 일을 해결하기 위해 낙서 혹은 메모를 적어 보면 의외로 아이디어가 보일 때가 있다. 하루의 일과를 써보는 일기 쓰기도 괜찮다. 꺼내놓으면 비워진다.

글쓰기의 두 번째 장점은 자아 성찰과 개인적 성장으로 이어진다는 것이다. 하루하루 쓴 일기를 한 권의 노트가 마쳤을 때 다시 펼쳐보면 일정 기간의 나의 발자취가 될 수 있다. 내가 무엇을 하고 어떤 생각을 했는지 살펴보며 나를 점검해볼 수 있다. 자신의 내면을 들여다보는 거울이 될 수 있다. 잘했는지 부족한지 필요한 것은 무엇인지 알게 되고 노력하게 될 수 있다. 노력하고 나아가는 시간이 더해져 성장을 하게 된다. 개인적으로 가까운 사이였는데 뚜렷한 이유 없이 사이가 멀어진 지인이 있다. 처음 알게 되었던 시점부터 연락하고 만남을 가지고 했던 추억들을 글로 쓰면서 그 사람과의 관계에 대해 되돌아보았다. 그때 그 상황에 대해 그럴 수 있겠네, 하고 상대방의 입장에서도 생각할 수 있었다. 그 당시에는 보이지 않았던 객관적인 관점에서 되짚어 보고 그 덕에 이해의 폭이 넓어졌다.

글쓰기의 세 번째 좋은 점은 소통 능력의 향상을 말할 수 있다. 자신의 생각과 감정을 타인에게 전달하는 행위인 글쓰기. 글쓰기 실력이 좋아진다는 것은 자신을 표현하는 능력이 향상된다는 의미와 같다. 따라서 의사소통 향상으로 이어질 수 있다. 평소에 글을 자주 쓰는 사람들은 본인의 생각을 체계적으로 잘 표현할 수 있다. 일상적인 대화뿐만 아니라 모임이나 업무상의 의사소통이 필요할 때 장점으로 작용할 수 있다. 글쓰기를 통해 다양한 표현 방식도 익힐 수 있게 되고 상황에 맞는 적절한 언어 사용 능력도 향상된다.

그리고 하나 더 이야기하면 글을 쓰면 문제 해결 능력이 향상된다. 문제가 생겼을 때 그 상황에 대해 글을 쓰면 쓰면서 생각하게 된다. 미처 생각하지 못했던 다른 측면에서 볼 수 있다. 다각도에서 분석하게 되고 해결의 실마리를 찾을 수도 있다. 이렇게 반복하다 보면 자연스럽게 논리적 사고 능력이 좋아진다. 그러므로 어려운 일이 생겼을 때 헤쳐 나갈 수 있는 힘이 길러진다.

글을 쓰면 우리의 감정을 정리하게 되고 스트레스를 줄일 수 있으며 자신을 돌아보고 개인의 성장으로 이어질 수 있고 소통 능력을 향상시켜 대인관계를 개선하는 데 도움을 줄 수 있고 어려운 일을 극복하는 데 도움도 될 수 있다. 좋은 점이 많은 글쓰기를 안 할 이유가 없다. 희로애락이 돌고 도는 삶에 강력한 도구가 될 수 있다. 힘든 일이 있을 때 좋은 문장을 필사하면서 나의 의견을 쓰는 글을 써보는 것을 추천한다. 좋은 글을 보면서 먼저 마음에 위안을 받고, 글을 쓰면서 내 마음의 불필요한 감정들을 걸러내면 힘듦의 무게를 줄일 수 있을 것이다.

글쓰기의 여러 가지 장점을 살펴보았다. 감정의 정화와 스트레스 해소, 자아 성찰과 개인적 성장, 소통 능력의 향상, 그리고 문제 해결 능력 증진 등 글쓰기는 우리 삶의 다양한 측면에 긍정적인 영향을 미친다. 현대 사회에서 우리는 끊임없이 쏟아지는 정보의 홍수 속에 살아가고 있다. 손쉽게 얻을 수 있는 정보들로 인해 우리는 점점 깊이 있는 사고를 하지 않으려는 경향이 생겼다. 하지만 삶은 항상 쉽지만은 않으며, 우리 모두 어려움에 직면하게 된다. 이러한 상황에서 글쓰기는 우리에게 강력한 도구가 될 수 있다. 글쓰기를 통해 우리는 복잡한 감정을 정리하고, 자신을 깊이 이해하며, 타인과 더 효과적으로 소통할 수 있게 된다. 또한, 문제를 다각도에서 바라보고 해결책을 찾는 능력도 기를 수 있다.

따라서 우리는 글쓰기를 단순한 기술이 아닌, 삶의 질을 높이는 중요한 수단으로 인식해야 한다. 일상에서 꾸준히 글을 쓰는 습관을 들이는 것이 중요하다. 처음에는 어렵고 부담스럽게 느껴질 수 있지만, 작은 것부터 시작하여 점차 확장해 나가면 된다. 글쓰기는 자신과의 대화이자 세상과의 소통이다. 이를 통해 우리는 더 깊이 생각하고, 더 넓게 이해하며, 더 효과적으로 표현할 수 있게 된다. 빠르게 변화하는 현대 사회에서 글쓰기는 우리의 내면을 돌아보고 성장할 수 있는 귀중한 시간을 제공한다. 결국, 글쓰기는 단순히 정보를 기록하는 것을 넘어 우리의 사고를 확장하고 삶의 질을 향상시키는 중요한 도구이다. 어려움을 극복하고 더 나은 삶을 살아가기 위해, 우리 모두 글쓰기의 가치를 재발견하고 일상에서 실천해 나가는 것이 필요하다.

06

다행이다. 글을 쓸 수 있어서
(이경숙)

오른손 검지를 지문 인식기에 댔다. 평소처럼 '띠링' 소리가 나지 않고 "등록이 안 된 지문입니다."라고 한다. 그럴 리 없다 싶어 다시 손가락을 대 보았다. 역시 같은 멘트가 나온다. 다른 쪽 문으로 가서 다시 대보았다. 역시 "등록이 안 된……" 그래도 또 해본다. 이번에도 같은 멘트다. 아닌 줄 알면서도 왼손 검지를 또 대본다. 역시나 같은 멘트만 복도에 울려 퍼진다.

지식 산업 단지여서 안에 있는 사무실이 열 개가 넘는다. 사무실이 있는 안으로 들어가려면 문이 세 군데에 있다. 맨 왼쪽, 가운데 그리고 오른쪽이다. 왼쪽은 처음 출근하던 때부터 잘 안된다. 그 문은 밖으로 나올 때만 이용한다. 주로 가운데를 이용하는데 며칠 전부터 이 문도 잘 안될 때가 있다. 오른쪽 문만 유일하게 다닐 수 있었지만, 그마저 나를 막는다.

한국어 수업을 마치고 잠시 화장실에 다녀오는데 안으로 들어갈 방법이 없다. 수업 후에는 온라인 카페에 일지 작성하고 그 밖에도 두세 가지 업무를 마친 후에 퇴근하는데. 수업 시간이 열한 시부터 한 시까지여서 내가 수업을 마치면 회사 사람들은 점심 식사하러 갔거나 식사 후 휴식을 취하는 시간이다. 젊은 회사여서 규제가 따로 없다. 점심도 각자 따로 먹는다. 시간도 각자다. 출퇴근도 모두 다르다. 잠시 화장실에 가느라 휴대폰도 놓고 나왔다. 점심시간이 이미 끝나서인지 들어가거나 나오는 사람도 없다. 아까 나올 때 사무실에 아무도 없었다. 우리 사무실 사람들에게는 기대할 수 없다. 누군가 안에서 나오거나 밖에서 안으로 들어가길 기다려야 한다. 제발 누군가 문을 열어줬으면 싶다. 남은 일을 얼른 마치고 퇴근하고 싶다. 두 시간 동안 외국의 젊은이들과 신나게 떠들어서 배도 고프다.

하이 로컬이라는 언어교환 업체에서 3개월 동안 시니어 인턴십에 참여했다. 외국인 사용자들에게 한국어를 가르치는 일과 온라인으로 고객 응대하는 일을 했다. 그들이 운영하는 온라인 플랫폼에서 한국어를 가르쳤다. 컴퓨터로 접속해서 수업했다. 일주일에 3일 나가는데 한 번 갈 때마다 하루 두 시간씩 가르쳤다. 오전 여덟 시에 출근하면 주로 한 시 퇴근이다. 한 시 퇴근이지만 한 시에 수업이 끝난다. 수업 후, 보고서와 수업일지 작성하고 나면 3, 40분이 금방 간다. 수업 시간을 앞으로 당길 수도 없다. 다른 사람이 앞 시간에 하고 있어서다. 일부러 수업 시간을 겹치지 않게 배정했기 때문이다.

네댓 시간 근무하는 중 한 시간은 수업 준비하고, 두 시간은 한국어 수업, 나머지 시간은 온라인 고객 응대 업무를 한다. 고객 응대 사항은 다양하다. 앱에 처음 가입하면 자동 인사말이 발송되고, 무료 서비스를 유료로 전환하라고 권유하는 메시지도 자동으로 발신된다. 자동 발신을 뺀 나머지 일을 한다. 국적 입력란에 다른 나라를 썼는데 바꿀 방법이 없냐고 묻는다. 모국어를 영어로 해야 하는데 엉뚱한 언어로 입력했다며 바꿀 방법을 알려달라고 한다. 이름 옆에 장미 그림이 있는 사람이 있고 없는 사람도 있는데 왜 내 이름 옆에는 장미가 없냐? 어떻게 해야 장미가 생기냐? 그밖에 이상한 남자들이 말을 건다, 내 프로필을 도용해서 다른 남자가 쓰고 있는데 막을 방법이 없냐? 등등. 각 나라의 고객들은 다양한 내용으로 질문하거나 요구한다. 대답도 여러 방법으로 한다. 간단한 건 챗 GPT가 알려준다. 그중 제일 적합해 보이는 걸 골라서 보낸다. GPT가 못 하는 일이 있다. 그건 고객 관리를 위해 따로 모아둔 CRM 응답 매뉴얼에서 골라서 전송한다. 그렇게 해도 해결하지 못하는 일은 우리말로 파파고에 넣어 영어로 번역한 후 제대로 됐는지 확인한다. 수정이 필요하면 고쳐서 발송한다. 나름 신경 써서 보냈어도 잘못할 때가 있다. 젊은 담당자에게 안 좋은 말을 듣는다. 직접 말로 하지 않는다. 사내 메신저인 슬랙으로 한다. 개인 계정으로 말할 때는 낫다. 다른 멤버가 모두 있는 계정에서 혼날 땐 망신스럽다. 우리 막내딸보다 어린 친구들도 있는 공간이다.

나는 힘들 때마다 글을 씁니다

154

빨리 들어가서 카페에 후기 남기고, 구글 드라이브에 수업 캡처 사진 올린 후, 시니어 인턴십 기관에 제출할 보고서도 작성해야 한다. 누군가가 나를 구원해주었으면 싶다. 또 검지를 지문 인식기에 대 본다. 역시나 등록이 안 된 지문이라고 말한다. 아무도 없는 복도에 울리는 기계음은 우렁차다. 청소하는 아주머니가 화장실에서 나왔다. 저분이라면 열 수 있지 않을까 싶다. 차마 말을 못 하고 속절없이 손가락을 바꿔가며 대봤다. 같은 멘트가 반복되니 아주머니도 신경 쓰였나 보다. 청소하다 말고 내게 말을 걸었다. "열어드릴까요?" 앞치마 주머니에서 작은 카드 한 장을 꺼내어 살짝 대니 '띠링' 소리가 경쾌하다. 고맙다고 인사했다.

다음 주 월요일에 출근하려면 퇴근 전에 지문 등록을 다시 해야 한다. 오전 8시 출근이라 대신 문을 열어줄 사람이 없다. 후기 쓰고, 보고서 작성한 후 관리 사무실에 가서 해야 한다. 두 시가 되어 간다. 처음 출근할 때 지문 등록했던 사무실이 몇 층이었는지 기억나지 않는다. 2층인지 3층인지. 늘 출퇴근할 때 들고 다니는 노트북이 백팩 안에 있다. 날도 더운데 무거운 백팩을 메고 2층과 3층을 돌아다니고 싶지 않았다. 보고서 작성하는 동안 옆자리의 현서 씨가 사무실로 들어왔다. 평소 말 없는 그에게 인사 외에는 거의 말을 걸지 않는다. 그래도 물어봐야 한다. 2층이라고 했다. 엘리베이터 앞에 여러 명이 서 있다. 10층에 올라간 엘리베이터는 꼼짝하지 않는다. 그냥 걸어 내려갔다. 관리 사무실에 젊은 여직원이 있다. 오른손 검지를 대면서 등록하려는데 예닐곱 번 시도해도 안 된다. 오른손 엄지를 대어 보아도. 등록하려면 인식 정도가 70% 이상이어야 하는데 그만큼 나오지 않는다. 조금 기다 리라고 했다. 건물 관리하러 나간 관리소장이 등록할 수 있을 거 같다고. 10분쯤 후에 돌아온 관리소장은 왼손 검지를 대 보라고 했다. 78%가 나온다며 그걸로 등록하자고 했다. 다행이다. 다음 주 월요일 아침엔 도착하자마자 띠링 소리를 들을 수 있다. 화장 실도 내 맘대로 다녀올 수 있다.

전철 타고, 마을버스 갈아타며 집에 돌아오니 세시가 넘었다. 늦 은 점심을 먹고 노트북을 열었다. '열려라, 참깨'란 제목으로 글을 썼다. 그날 있었던 일을 적었다. 불편했던 상황이 좋은 글감이다. 청소 아주머니에게 바로 부탁해보질 않았던 나의 태도로 메시지 를 적었다. 나에게는 어려운 일이지만 누군가는 쉽게 해결할 수도 있다고. 도움이 필요하면 말을 해야 한다고. 내가 요청하지 않으 면 내게 도움을 줄 수 있는 사람이어도 '몰라서' 도와주지 못한다 고. 쉽게 요청하지 못하는 나에게 하는 말이다. 글을 쓰고 나니 힘들었던 하루가 아무렇지 않았던 여느 날과 같았다. 다행이다. 글을 쓸 수 있어서. 글감이 내게로 와서. 덕분에 미소 지을 수 있 었다.

07

글쓰기 덕분에 기침을 삼켰다
(이현경)

고등학교 3학년 때 기침이 심했습니다. 감기처럼 며칠이나 몇 주만 아픈 게 아니라, 1년 내내 멈추지 않았습니다. 원인을 알 수 없었지만, 수험 기간에 콜록거린다는 건 부담이 컸습니다. 야간 자율학습을 마친 후 독서실에서 공부했습니다. 기침을 막기 위해 사탕을 먹고 물을 마셨지만, 한 번 기침이 시작되면 사레가 들린 것처럼 지속되어 독서실에 머물 수가 없었습니다. 다른 친구들에게 방해가 될까 봐요. 독서실 앞에 초등학교가 있었는데, 기침이 나올 때면 물을 챙겨 초등학교 벤치에 앉아 진정될 때까지 기다렸습니다. 지금 돌이켜 보면, 입시 부담감 때문이었던 것 같습니다. 기침 때문에 한참 동안 바깥에서 시간을 보내다 다시 독서실로 돌아와서는 일기를 썼습니다. 기침 때문에 공부할 시간을 빼앗긴다며 불평하는 내용이 많았지요. 그때 글쓰기의 의미를 제대로 알았더라면 얼마나 좋았을까요.

기침을 많이 하면 가슴이 답답하고 허리가 아프며, 머리가 깨질 듯합니다. 잠도 잘 못 자고, 숨이 가빠지면서 속이 울렁거리기도 합니다. 고등학교 시절 독서실을 함께 다녔던 친구들이 기억납니다. 음료수를 들고 복도로 나와 함께 쉬곤 했습니다. 친구들은 저를 안쓰러워하며 그렇게 기침하면 공부도 제대로 못 하는 거 아니냐며 위로해 주었습니다.

대학에 입학하고 나서야 기침이 멈추었습니다. 30대 중반 결혼 전까지는 비교적 괜찮았는데, 결혼하고 아이를 낳은 뒤부터 다시 기침이 시작되었습니다. 이제는 매년 기침으로 고생하고 있습니다. 기침이 계속되면 체력 소모가 심하고, 면역력이 낮아져 다른 병도 생깁니다. 피부가 간지럽거나 속이 아플 때도 많았고, 기침 때문에 잠을 제대로 못 자는 날도 많았습니다. 밤마다 몸을 오므렸다 폈다를 반복하며 기침했지요. 면역력이 약해진 상태에서 체력이 떨어지고, 스트레스를 받으면 기침이 시작되는 것 같습니다. 한약도 먹어보고 홍삼도 먹어보았지만, 그때뿐이었고 조금만 체력이 약해지면 어김없이 기침이 나왔습니다. 회사 생활을 15년 했고, 아이들을 가르친 지 10년째 되다 보니, 말을 많이 해야 하는 직업 특성상 기침이 나올 때마다 불편했습니다. 일을 계속할 수 있을지 불안할 때도 있었습니다.

6년 전 글쓰기를 시작했습니다. 지금은 작가이며 글쓰기 강사로 활동하고 있습니다. 초등, 중등 학생들을 대상으로 독서와 글쓰기를 지도하고, 독서법과 문해력 강의를 하고 있습니다.《엄마표 문해력 수업》,《항상 100점 받는 아이의 독서법》이라는 개인 저서를 출간했습니다. 도서관이나 평생 학습기관에서 강의 제안을 받고 있습니다. 또한, 글쓰기, 책 쓰기 수업도 진행하며, 독서 모임과 글쓰기 챌린지를 주관하고 있습니다. 《그 문장이 내게로 왔다》, 《365페이지를 쓰는 인생》이라는 공저는 글쓰기에 관한 책입니다. 최근에는 온라인 글쓰기 수업 문의도 들어오고 있습니다.

글쓰기 강의뿐만 아니라 독서 모임을 운영하게 된 건 모두 글을 쓴 덕분입니다. 요즘도 계절이 바뀔 때면 기침하지만, 예전처럼 기침 때문에 움츠러들지는 않습니다. 대신, 목이 간질거리기 시작하면 따뜻한 물을 많이 마십니다. 도라지즙이나 생강차를 마시며 몸을 따뜻하게 합니다. 글을 쓰기 시작한 덕에, 이제는 나를 살피고 몸과 마음을 좀 더 챙기고 있습니다.

글을 쓰면 좋은 점이 있습니다. 첫째, 스트레스가 풀리고 긴장이 해소됩니다. 기침이 날 때를 돌이켜보면, 면역력이 약해졌을 때입니다. 물론 주변에 먼지가 많다거나 환경적인 이유도 컸지만, 스트레스가 많거나 긴장한 상태에서도 기침이 잦았습니다. 긴장하면 기침을 자주 했고, 그로 인해 두통이 생기고 속이 불편했습니다. 그런데 글을 쓰기 시작하면서 집중하고 긴장이 풀리니, 기침이 줄어들었습니다. 책상 앞에 앉아 글을 쓰기 시작하면 평온해졌습니다.

둘째, 글을 쓰면 감정을 표현할 수 있습니다. 회사 생활을 할 때는 다른 사람의 시선을 지나치게 의식했습니다. 눈치를 많이 보기도 했지요. 글을 쓰기 시작하면서는 다른 사람에게 신경 쓰기보다 제 감정을 표현하는 데 익숙해졌습니다. 초등학교 6학년 아이와 수업할 때였습니다. 체력이 많이 떨어진 상태였고, 코로나가 유행하던 예민한 시기라 더욱 힘들었습니다. 아이에게 양해를 구하고 수업 내내 목캔디를 물고 있어야 무사히 수업을 마칠 수 있었습니다. 기침이 나올 것 같으면 허벅지를 꼬집고, 손톱으로 엄지손가락을 눌러 가며 버텼습니다. 그렇게 수업을 마치고 나서 밤이 되면 녹초가 되곤 했습니다. 기침을 참느라 마음조차도 지치는 상황이었지요. 수업이 끝난 후에는 두 아이의 저녁을 챙기느라 바로 쉴 수도 없었습니다. 아이들이 잠들고 나서야 노트북을 열고, 오늘도 고생했다고 한 줄 적었습니다. 그러고 나면 비로소 잠에 빠질 수 있었습니다.

셋째, 글을 쓰면 생각을 구체적으로 표현할 수 있습니다. 머릿속에서 두루뭉술하게 떠다니던 생각들이 글을 쓰는 동안 명확해집니다. 아이들에게 글쓰기를 지도할 때 제가 가장 많이 강조하는 말이 바로 '구체적으로 써'입니다. 예를 들어 '하늘이 예쁘다'라고만 쓰지 말고, '하늘은 투명한 파란색으로 펼쳐져 있고, 새털 같은 구름이 흘러간다.'라고 표현하면 좋겠습니다. 글을 쓰면서 구체적으로 표현해야 읽는 사람들이 글쓴이의 의도를 알 수 있습니다. 저 또한 힘들 때마다, 종일 기침을 하고 몸이 지쳐버린 날, 힘든 감정을 글로 표현하고 잠들곤 했습니다. 글을 통해 힘든 생각이나 감정을 구체적으로 표현할 수 있다면, 마음이 한결 가벼워집니다.

기침을 뱉어내는 날이 앞으로도 계속될지 모릅니다. 기침을 참으려고 허벅지를 찌를 수도 있겠지요. 숨을 깊게 들이마신 후에야 멈출 수 있을지도 모릅니다. 그렇지만 글을 씁니다. 기침이 심할 때는 멈춰야 하겠지만, 글을 써야 힘든 마음이 사라집니다. 글쓰기 덕분에 기침을 견딜 수 있었습니다. 기침을 하는 날에도 하고 싶은 말을 글로 표현하고, 키보드를 두드리면서 계속 글을 쓰려고 합니다.

08

나만의 퀘렌시아, 나의 집필실
(정성희)

오래된 빌라에서 살고 있다. 경매로 내쫓긴 이후 내 집이라는 게 없이 이십 년 넘게 떠돌고 있다. 귀소본능인지 나이 탓인지. 서른 살에 처음으로 내 집 마련했던 그 아파트가 있는 강동구로 돌아왔다. 죽은 자식 나이 세기란 속담처럼 의미 없는 짓인 줄 알면서도.

옥상으로 올라가 이불을 널었다. 누군가 쳐놓은 빨랫줄이 고마웠다. 옥상 귀퉁이에는 버려진 의자, 항아리, 벽시계 등이 널브러져 있었다. 뒤편 아파트 담과 맞닿아 있는 사이로, 우듬지가 6층 높이까지 올라간 상수리 나뭇가지가 우리 옥상 귀퉁이에 그늘을 만들어 주었다. 한때는 옥상이 사랑방 역할을 했는지 평상도 있다. 해지면 옹기종기 모여 앉아 정담을 나누었으리라. 제법 튼튼하게 짜인 평상이었지만 오랜 세월 비바람과 태양열, 눈보라에 녹아내린 채 방치돼 있다. 그 옆으론 인위적으로 고사된 굵은 나무가 무심히 버티고 있다. 옥상 몰골은 비루하지만 아래로 내려가면 생동감이 느껴져 기분전환이 되었다. 이사 오기 며칠 전 1층에서 불이 났는데 그 일로 3층까지 계단 페인트칠을 해줬다. 여섯 집이 얼룩덜룩 각각 다른 색상이었고, 스티커 자국이 덕지덕지 붙어 있던 우중충한 현관문까지 같은 색으로 칠하니 안정감이 들었다. 화재보험 덕분이다. 201호는 도배까지 해주었다는데 나는 이미 엘에이치에서 벽지를 새로 바꿔준 상태라 굳이 안 해도 되었다. 계약하던 날 풍겼던 낡고 음습한 분위기의 출입구 계단은 밝은 톤으로 탈바꿈했다.

맨 처음 집을 보러 왔을 때 담쟁이덩굴이 앞 동 지붕까지 올라 벽을 감싸고 있는 광경에 반해서 망설임 없이 결정했다. 301호로 올라가는 계단은 시커먼 먼지가 켜켜이 쌓였고 원래 하얀색이었을 벽은 짙은 회색빛으로 변해있었다. 게다가 잡동사니들이 계단에 쌓여있어 발을 내딛기가 불편했다. 거미줄은 난간 틈을 빼곡히 메우고 천장에도 가득 늘어져 나풀거렸다. 좀 음침했지만 구석진 집이라 안정감이 느껴졌다. 일단은 담쟁이가 내 눈을 멀게 했다. 봄이어서 그랬을까나. 빌라 마당이 참 아름다웠다. 10층 넘은 새 아파트들이 빙 둘러있는 가운데 40여 년 된 키 낮은 빌라가 쏙 들어가 있는 것도 맘에 들었다. 늙은 감나무가 옥상 위로 뻗쳐있고 감나무와 단풍나무 사이에 능소화가 주렁주렁 피어 옆 건물과의 공간을 센스 있게 차단해 주었다. 가장 끄트머리엔 6층 높이의 은행나무가 벽과 벽 사이의 삭막한 틈새를 메워주고 서 있다. 숨을 만한 곳을 찾던 우울증 환자인 내게 딱 맞는 안락한 은신처였다.

　엄마가 돌아가신 후 심한 우울증을 앓은 채 입주 도우미 일을 했다. 운전을 겸하는 일이라 급여가 400만 원이었다. 일은 편했다. 내 앞으로 승용차도 배정해주었다. 처음 해보는 일이었지만, 좋은 집에서 호화로운 도우미 생활이었다. 송도에서 10개월 일하는 동안 카드 빚은 다 갚고 돈 모을 일만 남았었다. 그 찰나를 노렸다. 같이 일하던 조카 또래의 회장 기사에게 주식 사기를 당했다. 빚 갚는다는 핑계로 엄마에게 소홀하며 벌었던 돈과 모든 수고가 한순간에 물거품이 되어버렸다. 3년쯤 그 집에서 일하려 했던 계획이 무산되고, 마이너스 통장 빚까지 떠안은 채 오갈 데도 없어졌다. 극심한 무기력증에 허우적댔다. 고시원이란 곳을 처음 들어갔다. 실업급여를 받는 동안 대책을 세우라고 친구가 귀띔해줬다. '배움 카드'가 있다는 것도 알게 됐다. 배움 카드를 신청하러 고용노동센터를 찾았다가 직원의 알선으로 1년 조건부 수급자 혜택을 받게 되었다. 서류를 확인하더니 내가 딱해 보였는지 구청으로 연계해 주었다. 그 직원이 나를 살게 한 은인이다. 그 덕이 이어져 엘에이치에서 집을 마련해 주었다. 덕분에 이 빌라에 오게 된 것이다. 도움을 받았으니 하루하루 잘살아야겠다는 생각이 든다. 그게 보답하는 길이다. 어떤 경로로든 타인을 도울 방법도 모색 중이다.

우리 동은 여섯 가구가 살고 있다. 302호와 102호만 부부가 살고 나머진 1인 가구라는 걸 통장을 통해 들었다. 용케 서로 마주칠 일도 없고, 오든 가든 각자에게 관심도 없다. 이사 오고 처음으로 계단 물청소를 했다가 101호 사는 청년이 올라와 항의하는 바람에 설핏 얼굴을 본 정도이다. 반지하라서 문 앞에 물이 고여 빠지지 않는다고 했다. 어느 날 아침엔, 감나무 가지에 놀고 있는 새들을 보고 있는데 옆집 문 열리는 소리가 들렸다. 계단 내려가는 소리에 귀 기울이며 1층 현관을 바라보고 있는 참에, '뭐 하는 거지?' 가다 말고 두리번거리더니 바지를 훌렁 내리고 엉덩이를 드러낸다. 가랑비가 내리는 아침 6시에 현관 앞에서 오줌을 누고 가는 50대 여자, 어디로 출근하는 걸까?

종일 창밖을 바라보고 서 있어도 지루하지 않다. 하늘이 보이고 옥상 기와 위로 빨래가 나풀대고 건물 벽틈 사이로 도로를 지나다니는 사람들이 보인다. 누구의 간섭도 받지 않고 이렇게 하릴없이 보낼 수 있는 공간이 있다는 게 감사하다. 창밖에 오래 시선을 두고 있지만, 기실은 내 모습을 보고 있는 것이다. '무엇 때문에 그리 아등바등 살아왔을까. 왜 그리 아프고 슬픈 시간을 겪어야 했을까. 앞으론 어떻게 살아야 할까.' 이렇게 사색하는 시간이 늘었다. 글 쓰는 삶을 선택하고 나니 모든 사소한 것조차 의미 있게 다가왔다. 옆집 여자 지나가는 걸음을 무심히 바라보듯, 나 자신의 모습 역시 제삼자의 눈으로 관찰하는 여유도 생겼다. 글 쓰는 사람으로 자세를 바꾸니, 질풍노도 같던 격한 감정들이 서서히 사그라들고 고요함이 찾아든다.

세상만사 시시각각 변하는 건 자연의 순리로 받아들인다. 하지만 느닷없이 방해꾼이 등장할 땐 당황스러워진다. 보는 즐거움에 흠뻑 빠져들게 했던 담쟁이가 갑자기 죽었다. 거무죽죽하게 색이 변한 담쟁이는 너덜너덜 바람에 흔들렸고, 건너편 집 녹슨 화분대는 흉물스럽게 드러났다. 담쟁이가 그동안 가리고 있던 난간에는 누군가의 메리야스가 철사 옷걸이에 걸린 채 삭고 있었다.

어느 날 스티로폼 상자에 고추를 가꾸고 있는 아주머니와 마주쳤다. 용기 내어 말을 걸었다. "저기 담쟁이 있잖아요. 세상에 누가 잘라버렸네요, 글쎄!" 내 말이 채 끝나기도 전에 육중한 체격의 아주머니가 호미를 든 채 벌떡 일어났다. "아니 어떤 무식한 인간이 저런 걸 심어놨는지, 알면 내가 가만 안 둘 거요. 담쟁이 땜에 연통 막히면 어쩔라고…" 그리고 또 낙엽은 누가 쓸 거냐며 씩씩거렸다. 예상치 못한 격앙된 태도에 말문이 막혀버렸다. 그리 우악스럽게 팔을 걷어붙이며 목청을 높일 줄이야. 무서웠다. 나는 맥도 못 추고 슬금슬금 뒷걸음질 쳤다. 후에 통장을 만나 물어보니, 그 사람은 몇 달 전 이사 왔다는 것이다. 당당하게! 집 사서 온 C동 102호 주인 되는 사람이었다. 그 위력에 나의 평화가 잠시 흔들렸다.

아침에 가을비가 내리더니 금세 바람이 서늘하다. 옥상 기와에 고개 내민 나팔꽃이 햇빛에 반짝인다. 희망은 절망의 반대편에서 빛난다는 명언을 새기며 기지개를 켠다. 죽은 담쟁이는 잊고 지붕 위 하늘을 올려다보기로 했다. 오래된 빌라 나의 집필실에서 글 쓰는 즐거움, 이곳이 천국이니까.

09

아내 잔소리가 그리워지는 시간
(정인구)

글을 쓰면 보기 싫은 아내가, 원수 같은 남편이 좋아진다고? 설마 그럴 리가.

"맨날 술 처먹고 새벽이 오고, 집이 하숙집이냐?, 이러려면 뭐하러 결혼했나, 혼자 살지." 얼굴이 벌겋게 달아오른 아내는 눈을 부라리며 쏘아댔다. 듣기 싫었다. 말이 채 끝나기도 전에 "됐다, 그만해라. 내가 술을 먹고 싶어 먹나?" 술김에 나도 모르게 손이 올라갔다. 내 방으로 들어가 문을 꽝 닫고 문을 잠갔다. 지긋지긋한 아내 잔소리 듣고 싶지 않았다. 이야기 좀 하자고 문을 두드렸지만, 귀를 꽉 막았다.

이 일이 있고 난 뒤 얼마 지나지 않아 아내가 집을 나가버렸다. 내리 3년째 승진에 떨어져 가뜩이나 힘든 상황이었다. 승진 못 하는 무능한 남편. 맨날 고주망태가 되어 들어오는 나와 함께 살 수 없었던 게다.

아내 잔소리를 듣지 않아 좋았다. 부재중 전화가 수십 통씩 쌓였었는데 휴대전화기가 깨끗했다. 마음이 자유로왔다. 술 마시다가 집에 가야 한다는 동료를 붙잡고 새벽 2~3시까지 마셨다. 어떤 땐 마시다가 날이 훤하게 샐 때도 있었다. 텅 빈 집에 오면 소주에 멸치를 안주 삼아 마시다가 식탁에 엎드려 잘 때도 많았다. 가끔 아내가 다른 놈?과 함께 있는 악몽을 꾸기도 했다. 창피해서 동료에게 아내가 집 나갔다고 이야기할 수 없었다. 3개월이 지났을 무렵, 아내 잔소리가 그리워지기 시작했다.

어느 날 집에 오니 거실에 불이 켜져 있었다. 아내가 돌아왔다. 집에 불이 켜져 있다는 사실이 이렇게 기분 좋기는 처음이었다. 현관문이 열리는 소리에 방에서 나오는 아내를 안아주고 싶었다. '어, 왔네' 어색하게 인사했다. 아내는 아무 말 없이 방으로 들어갔다. 꼭 필요한 말 말고는 서로 하지 않았다. 한동안 퇴근 후 아홉 시 이전에 귀가했다. 내가 먼저 온 날은 청소기도 돌리고 세탁기도 돌리고 설거지도 했다. 개 버릇 남 못 준다고. 다시 예전으로 돌아갔다.

퇴직이 5년 남짓 남았다. 이렇게 살면 안 되겠다 싶었다. 2017년 6월 30일 술을 끊었다. 집 나갔다가 돌아온 아내에게 처음으로 데이트 신청을 했다. 서면 위드 경매학원에서 하는 독서특강에 함께 참석했다. 이를 계기로 책을 읽게 되었다. 이은대 작가가 진행하는 책 쓰기 수업에도 함께 참여했다. 술잔과 친하게 지냈지, 책과는 거리가 멀었었다. 글이 눈에 들어오지 않는 나에게 책을 쓰라고 하니 황당했다. 그것도 매일. 무뚝뚝한 이은대 코치는 수강생 카톡 방을 만들어 매일 글을 써서 제출하도록 과제를 주었다. 낮에는 회사 출근했다. 글 쓸 시간은 저녁밖에 없었다. 야근하거나 회식이 있으면 이마저도 어려웠다. 하는 수 없이 새벽에 일어나 글을 쓸 수밖에 없었다. 아내 역시 맞벌이라 힘들기는 마찬가지였다.

거실에 6인용 책상을 설치했다. TV는 중고 시장에 팔았다. 새벽 4시에 일어나 아내와 둘이 마주 앉아 일곱 시까지 과제를 했다. 매일 A4용지 2.5매 분량의 글을 제출하라고 했다. 미쳐버리는 줄 알았다. 술 마신 이야기, 회사 이야기, 아내와 다투었던 이야기 외 쓸 내용이 없었다. 아내 욕하는 글을 쏟아냈다. 심한 욕을 쓰다가 볼 것 같아 조금 순한 말로 고쳐쓰기도 했다. 미워서 한동안 앞에 있는 아내를 째려봤다. 아내와 눈이 마주쳤다. "왜 쳐다보는데?, 너 욕 쓰고 있다." 아내도 나와 마찬가지로 욕을 쓰고 있다. 생각나는 대로 분량 채우는 데 급급했다.

회사 퇴근 후 저녁 약속은 피했다. 동료들은 그런 나에게 사람이 갑자기 변하면 죽는다며 겁을 주기도 했다. 듣지 않으려 애를 썼다. 오늘 과제는 뭘 써서 제출할까? 온 신경이 쓰였다. 동료와

술자리를 피할 수 있는데, 전체 회식이나 상부에서 높은 분이 방문하면 함께할 수밖에 없었다. 글 쓰는 동안 평소보다 두 배는 상부 손님이 많이 찾아온 것 같다. 그런 날은 과제를 제출하지 못했다. 하루 빠지면 이틀 빠지기는 쉬워진다. 안 쓰는 날이 점점 늘어났다. 상사에게 꾸중을 듣거나 일이 잘 안 풀릴 때는 다 때려치우고 싶은 날도 많았다. 괜히 술 끊었다는 생각이 들기도 했다. 나와는 달리 아내는 하루도 빠짐없이 과제를 제출했다. 한번 시작한 것은 끝을 보는 성격이다. 저돌적인 아내 성격상 남들에게 뒤지는 것은 싫어한다. 단톡방에 '과제 제출 완료' 이름을 제일 먼저 올렸다.

글을 쓰는 동안 우리는 조금씩 가까워지고 있었다. 글 쓰다가 과거 있었던 일이 생각나지 않을 때는 서로 묻기도 했다. 서로 째려보는 시간도 줄어들었다.

"여보, 오늘은 당신 칭찬하는 글 썼어." 아내에게 아양을 떨었다.
"나는 아직 당신 욕 쓰고 있어." 우리는 서로 바라보며 웃었다.

드디어 아내 첫 책 《준비하는 삶》이 2017년 10월에 출간되었다. 아내의 첫 책이 집에 도착했다. 조심스럽게 상자를 뜯는 아내 손이 약간 떨렸다. 책 상자를 뜯자 《준비하는 삶》이 비닐 포장지에 어렴풋이 보였다. 칼로 뜯으면 빠른데 아내는 손으로 테이프를 조심스레 뜯었다. 갓난아기 보듬듯 첫 책을 들고 환하게 웃는 아내 표정은 연애 때 이후 처음 보는 얼굴이었다. 아내는 사진을 들고 거실에서 침대에서, 베란다 수목 있는 곳에서 사진을 찍었다. 밖으로 나가 아파트 벤치에 앉아서, 서서, 온갖 자세를 취했다. 나는 사진 촬영 기사 역할을 충실히 수행했다. 케이크를 사서 온 가족이 축하 파티를 열었다. 우리 가문의 영광이었다.

내 첫 책 《지금 당신의 삶을 찾아라》는 석 달 뒤, 2018년 1월에 출간되었다. 곧이어 아내 두 번째 책 《부부 탐구생활》이 나흘 뒤 출간되었다. 내가 한 권 쓸 때 아내는 두 권을 출간했다. 이은대 작가 섭외로 KBS 아침마당 TV에 출연했다. '술을 끊고 책을 내고 잉꼬부부가 된 부부 작가 이야기' 콘셉트로 인터뷰했다. 방송에 나가는 것은 처음이었다.

글쓰기는 끊어질 듯한 우리 가정을 이어주는 무지개다리가 되었다. 이은대 작가를 만나지 않았다면, 책을 쓰지 못했을 것이다. 오늘 독서 모임을 마치고 J 회원이 다가왔다. "우리 부부 공동 저서 내기로 했어요." 환하게 웃는 모습이 행복해 보였다. 독서 모임 회원들과 '글쓰기 습관 21일'을 진행하고 있다. 카페에 올라온 글을 읽으면 힐링 된다는 말을 자주 듣는다.

오늘 아침 아내가 내방으로 헐레벌떡 뛰어왔다.
"여보, 《부부 탐구생활》 인세가 또 들어왔어!" 초보 작가에게도 인세가 들어온다. 부부 사랑도 돌아오고, 돈도 들어온다. 이러니 글을 안 쓸 이유가 없다. 아내 휴대전화에는 내 이름이 '하나뿐인 내 사랑!'으로 등록되어 있다. 아내가 나를 미워하지 않기 위한 발버둥이다. 아내가 입을 반쯤 열고 코를 골며 자고 있다. 이불을 목까지 덮어주었다. 얼굴을 내려다보았다. 허송세월 보내며 힘들게 했던 내 그림자가 스며있다.

10

셀프 치유법, 글쓰기 테라피
(최미교)

글을 쓰면 마음이 고요해진다. 불안했던 마음이 진정된다. 감사하는 마음이 생긴다. 복잡한 생각이 단순하게 정리되고, 무엇을 해야 할지 알게 된다. 글쓰기의 가장 큰 혜택은 고통스러운 마음을 치유할 수 있다는 거다. 나처럼 내성적인 사람이라면 더욱 그렇다.

Gillie Botton의 《글쓰기 치료》에 따르면 여러 연구를 통해 글쓰기 치료는 사회적 구속이나 개인적 금기 등으로 인하여 자신의 고통스러운 경험에 대해 타인과 이야기할 수 없는 사람들에게 유용하게 적용할 수 있고, 기질적으로 내향적인 사람에게도 효과적인 것으로 드러났다.

어린 시절을 잊고 싶었다. 내성적인 성격도 바꾸고 싶었다. 기분 좋은 척, 행복한 척, 외롭지 않은 척, 모든 게 괜찮은 척, 강한 척 했다. 가난에서 벗어나고 싶었다. 돈 되는 일이라면 휴일도 없이 일했다. 좋은 집에 살기 위해 악착같이 저축했다. 힘들다고 생각하지 않았다. 좋은 환경을 만들고 편한 가정을 꾸리는 데만 열중했다. 어려운 일이 생기면 독기 품고 이겨냈다. 아늑한 집이 생기고, 먹고 입을 걱정하지 않아도 되었다.

내가 원하는 걸 이룬 것 같았는데 마음이 허전했다. 돌아보니, 정작 나 자신을 위해 산 날이 없었다. 왠지 억울했다. 가슴 한가운데가 건드리지도 않았는데 아팠다. 두드리고 숨을 들이마셔도 시원해지지 않았다. 배가 콕콕 찌르듯 아팠다. 병원에서 엑스레이를 찍어보면 아무 이상 없다고 한다. 날이 갈수록 신경이 예민해졌다. 밤에는 잠을 이룰 수 없었다. 사람을 만나기 싫었다. 불편하고 스트레스받는 상황이 되면 까칠하고 싹수없게 굴었다. 물건이 정확하게 제자리에 있어야 했다. 종일 쓸고 닦고 정리하고 청소했다. 발바닥에 묻는 먼지 한 톨까지 다 느낄 수 있을 만큼 촉각이 곤두섰고, 시계 초침 소리가 날카롭게 귀를 찌르는 듯했다. 오른쪽 귀에 무언가 꽉 차 있는 듯하고, 심할 때는 삐 하는 소리가 들렸다.

술 많이 마시는 아버지를 보고 자라서 술은 절대 먹지 않겠다고 다짐했었다. 잠을 잘 못 이루니 술이라도 먹으면 잘 수 있을까 싶어 마셔봤다. 술을 마셔도 잠을 푹 잘 수 없었다. 수면제라도 먹어야겠다 싶어 약국에 갔다. 처방전이 있어야 살 수 있다고 했다. 동네에서 조금 떨어진 곳에 있는 정신건강 의학과 의원에 갔다. 의

사는 지친 얼굴을 하고는, 형식적인 말투로 제일 힘든 게 뭐냐고 물었다. 잠을 못 잔다고 했다. 이유를 물어봤다. 내 이야기를 하고 싶지 않았다. 잠을 통 못 자니 수면제 처방해 달라고 했다. 약 때문인지 잠을 잘 수는 있었다. 대신에 하루 종일 정신이 멍하고, 기운이 빠지고, 졸음이 왔다. 계속 먹으면 멍청해질 것 같았다. 약이 남아 있던 봉지를 쓰레기통에 버렸다.

괜찮은 척하고 살면 내가 달라지는 줄 알았다. 다른 사람들을 위해 살면 내 존재감이 커지는 줄 알았다. 존재감을 확인하기 위해 사람들에게 기대하게 되고, 기댈수록 나는 나약해졌다. 주는 만큼 돌아오지 않은 건 둘째치고, 내가 주는 걸 당연하게 생각했다. 배신감이 들고 자존감이 떨어졌다.

문득 어릴 때 내 아지트였던 다락방이 생각났다. 힘들 때마다 그곳에서 글을 쓰던 모습이 떠올랐다. 내 몸에 보호막이 쳐진 듯 아늑하고 편안한 순간이었다. 행복한 척이 아니라 진짜 내가 행복해야 하는 거였다.

다시 글을 쓰기 시작했다. 유일한 내 편인 나를 다시 찾게 된 거다. 나에게 편지를 썼다. 그동안 모르는 체해서 미안하다고. 비밀 일기를 다시 쓰기 시작했다. 나를 힘들게 했던 사람들에 대해 이르듯이 썼다. 내 마음을 숨김없이 쓸 수 있어 숨통이 트였다. 다른 사람이 아닌 나를 위해 무엇을 해야 할지 고민했다. 글을 쓰며 응어리를 풀기 시작하니 가슴 통증이 줄어들었다. 마음 안정에 좋다는 아로마 테라피도 시작했다. 환절기만 되면 유난히 힘들던 몸의 통증이 사라지기 시작했다. 마음이 차분해졌다. 강박증도 결벽증도 나아지고 예민함도 무뎌졌다.

스스로 치유하는 과정을 경험했기 때문에 사람들에게 글쓰기의 치유력을 알려주고 싶었다. 책도 쓰고 싶었다. 수도 없이 많은 글쓰기, 책 쓰기 수업 중에 내가 원하는 수업을 하는 곳을 찾기가 어려웠다. 2021년 지인의 소개로 자이언트 북컨설팅 이은대 작가를 알게 되었다. 2년 고민 끝에 평생 작가 회원으로 등록했다. 작가가 되었다. 책도 계속 출간하고 있다.

내가 운영하는 '치유' 공간에서 글쓰기 프로그램을 진행하고 싶었다. 나처럼 작가가 되고 싶은 사람들에게 글 쓰는 법을 알려주고 함께 쓰고 싶었다. 라이팅 코치가 되었다. 책 쓰기 클래스를 운영한다. 클래스에 들어오신 예비 작가님들은 '치유'라는 단어에 끌렸다고 한다. 작가는 나의 경험으로 타인을 돕는 사람이다. 남을 돕는 글을 쓰려면, 먼저 스스로 치유하는 과정을 꼭 거쳐야 한다. 그 과정이 글쓰기다.

《글쓰기 치료》에 따르면, 상담을 의뢰한 내담자들 일부가 6시간 이상, 혹은 밤새 자신의 문제에 대해 글을 썼는데, 그들에게 실제로 도움을 준 것은 치료사가 아니라, 자신들의 이야기를 글로 쓴 경험이었다고 한다. 내담자들이 쓴 글 속에서 문제에 대한 치료적

단서들을 찾을 수 있었다고 한다. 글을 쓰는 행위 자체가 스스로 도울 수 있는 도구가 되는 것이다.

아로마 테라피와 글쓰기 테라피로 감정 치유 프로그램을 진행한다. 따뜻한 차와 다식을 준비하고 예약 손님을 맞았다. 차를 마시면서 프로그램 진행에 대해 설명했다. 한두 마디에 눈물을 보일 만큼 마음이 지쳐 있었다. 감정 상태를 적어보도록 했다. 감정을 하나하나 글로 뱉어 놓았다. 적어놓은 글을 보며 어떤 생각이 드는지 물었다. 마음을 힘들게 한 사람과 자신에게 편지를 써보자고 했다.

글쓰기 테라피를 하는 내내 눈물을 흘렸다. 글로 써 보니 문제가 보인다고 한다. 관계를 회복하려면 무엇을 해야 할지도 알겠다고 했다. 글을 쓰면서 자신을 돌아보게 되었고, 상대가 변했다고 생각했는데 변한 건 자신이었다는 걸 알게 되었다고 했다. 미안한 마음을 쓴 편지를 나에게 보여줬다. 프로그램 전과 후, 얼굴빛이 달라졌다. 처음에는 근심이 가득했는데, 프로그램 마치고 돌아갈 때는 눈에 띄게 밝아졌다. 감사하다고 인사하는 표정에 함박웃음이 피었다. 미소에 나도 덩달아 마음이 따뜻해졌다. 글쓰기의 치유력 덕분이다.

자신의 문제를 해결할 사람은 글을 쓰는 나다. 마음이 힘들거나 고민이 생기면 감정을 메모한다. 마음을 그대로 쓴다. 내가 쓴 글자들을 보면 문제가 보인다. 어떻게 하면 좋을지 답을 찾게 된다. 글을 쓰면 셀프 치유할 수 있다. 글쓰기 테라피다.

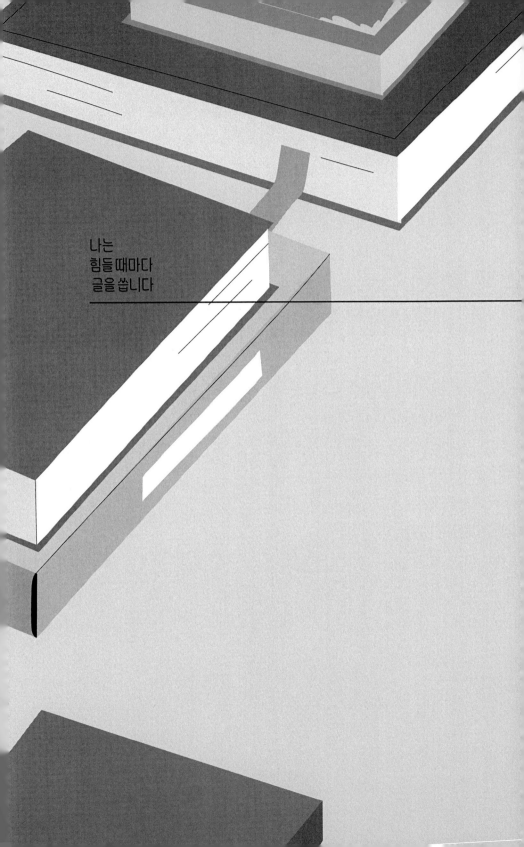

나는
힘들때마다
글을 씁니다

4장

고요한 시간
만나고 싶다면

01

누구도 우연히 오지 않는다
(글빛현주)

"아니, 오빠는 왜 말을 그렇게 해?"

"내가 뭘 어쨌다고."

"말투가 기분 나쁘잖아. 도대체 뭐가 불만이야!"

남편과 대화를 나누다 저도 모르게 버럭 소리를 질렀습니다. 얼굴이 빨갛게 되도록 화를 냈어요. 아무렇지 않게 한 말에 날을 세워 반응했습니다. 마음이 상해 이삼일은 없는 사람으로 지냅니다. 말로 상처를 받을 때가 종종 있습니다. 의도하지 않게 저도 상처를 줬을 거예요. 미안한 생각은 있지만 사과하기는 싫은 것. 저를 이해하기 힘들 때도 있습니다. 다른 사람의 말이나 행동에 신경 썼습니다. 귀를 쫑긋 세우고 반응했어요. 한마디로 눈치를 본 거죠. 칭찬 듣고 싶었고, 인정받고 싶었습니다.

삶은 '관계'라고 생각합니다. 우리는 서로에게 어떻게든 영향을 주고받습니다. 매번 긍정적일 수는 없겠죠. 나쁜 일이 생기는 만큼 좋은 일도 있습니다. 그런데 중요한 건 관계에서 받은 상처가 쉽게 없어지지 않는다는 거예요. 자꾸 생각납니다. 다른 관계에도 영향을 주지요. 상대는 전혀 모르는데 저만 힘들어요. 제가 저를 괴롭히고 있었습니다. 시간 지나도 기억나는 안 좋은 일들 점점 흐려지긴 합니다. 하지만 흉터는 남아 있습니다.

2024년 뜨거운 6월 방문 상담을 위해 집 근처 아파트 주차장에 차를 세웠습니다. 약속 시간까지는 십오 분 정도 여유가 있습니다. 뒷자리에 있는 책을 집어 들었어요. 류시화 작가의 《좋은지 나쁜지 누가 아는가》. 손에 잡히는 대로 툭 아무 페이지나 펼쳤습니다. 어떤 좋은 글을 만날까 기대가 됐습니다.

'누구도 우연히 오지 않는다.' 176페이지에 나오는 문장입니다. 여러 번 반복해 중얼거렸습니다. 누구도 우연히 오지 않는다면 이유가 있다는 뜻인데. 그렇다면 저를 힘들게 하는 사람들은 왜 제게 온 걸까요. K는 왜 만나게 한 거야? 도대체 이유가 뭐래! 투덜댔습니다.

한 시간가량 상담을 마친 후 집에 가는 길 뜨끈뜨끈 달아오른 차, 뒷좌석 창문까지 활짝 열었습니다. 힐끔 바라본 옆자리에 놓여있는 책, 그 문장이 다시 떠오릅니다. 머릿속이 시끄러웠습니다. 한여름 매미처럼 울어댔어요. 지난 2월에 읽었던 《원인과 결과의 법칙》도 생각났습니다. 결국 내가 선택한 건가?

'사람의 인연도 결국 선택이다. 관계를 유지하는 것도, 끊어 내는 것도 내 선택' 옆에 있는 사람들, 저를 힘들게 하거나 아프게 하는 사람도 저의 선택으로 일어난 결과라는 말입니다. 누구를 원망하거나 탓할 필요가 없는 거예요. 다르게 생각하면 지금 저에게 필요한 것을 선택하고 결정할 수 있다는 말도 되는 거였죠. '건강한 거리 두기' 저와 상대도 위하는 일이라 생각했습니다. 나무와 나무가 잘 자라기 위해서는 적당한 거리가 필요합니다. 거리를 둔다는 것 둘 사이를 멀어지게 하는 게 아니죠. 오히려 오래도록 편안한 관계를 유지할 수 있게 해주는 방법이 될 수도 있으니까. 타인뿐 아니라 가족에게도 해당이 되는 것 같아요. 여러 사람이 모일수록 시끄럽습니다. 집 밖으로 나갈수록 복잡하죠. 일상에서 절 위한 혼자만의 시간을 만들기로 했습니다. 지금까지 잘 지키고 있는 '성장 쉼표' 세 가지를 이야기하고 싶습니다.

첫째, 굿모닝! 글모닝! '럭키비키' 성공한 하루를 시작합니다.

새벽 3, 4시까지 일했습니다. 솔직히 말하면 일만 한 건 아니고요. 핸드폰을 만지작거린다거나, 이메일을 확인하다 엉뚱하게 쇼핑으로 빠지기도 했습니다. 한 시간 이상은 딴짓했어요. 해야 할 일도 다 마치지 못하고 잠자리에 들었지요. 그리곤 아침 9시, 10시까지 뒹굴뒹굴했어요. 늦게까지 일해 피곤하다는 핑계를 댔죠. 비몽사몽, 남편이 출근하는 것도 아이들 학교 가는 것도 챙기지 못할 때가 있었어요. 미안했습니다.

작가, 라이팅 코치를 시작하면서 SNS에 매일 글 한 편 올리기로 마음먹었습니다. 결심과는 다르게 일주일에 두어 번은 글을 올리지 못했습니다. 그런 일이 반복됐죠. 오늘 한 번만. 미루고 그렇게 핑계를 댔습니다. 이러다 또 포기하는 건 아닌지 걱정됐어요. 할 수밖에 없는 환경을 만들자고 생각했습니다. 작가, 글쓰기 코치가 글을 안 쓴다는 건 말이 안 되는 거니까요. '반복하는 건 모두 습관이 된다.' 어디선가 들은 내용입니다. 새로운 일 시작한다는 것, 당연히 힘듭니다. 그래도 반드시 해야 할 일이었죠. 책상 앞에 앉아 고개를 떨구었어요. 병든 닭처럼 꾸벅꾸벅 졸았습니다. 찬물로 세수하고 차가운 얼음물도 마셨어요. 겨우 정신을 차렸죠. 그렇게 일주일, 열흘. 시간이 지나갔어요. 긴장 때문인지 알람이 울리기도 전 벌떡 일어났어요. 링크를 올려야 한다는 책임감이 있습니다. 매일 글 썼다는 뿌듯함도 있고요. 무엇보다 좋은 건 글 쓰는 습관이 자리를 잡아가고 있다는 것입니다. '굿모닝! 글모닝! 럭키비키' 이미 성공한 하루를 시작합니다.

둘째, 틈새 시간에 독서와 메모를 합니다.

책 읽으면서도 메모 안 했습니다. 잊는 건 일상이고 기억하는 것은 기적이었죠. 메모하면 좋다는 말 많이 들었습니다. 귀찮았습니다. 좋은 생각이 떠올라도 까맣게 잊는 상황이 반복됐어요. 약속을 깜빡하기도 했지요. 글쓰기를 시작하면서 어떤 방법이든 메모해야 한다는 걸 깨달았습니다. 습관이 들기 전까지는 그냥 반복해 보자 생각했어요. 유튜브에서 얻은 정보, 이동 중 떠오르는 생각을 접착식 메모지에 썼습니다. 순간을 기록했어요. 그렇게 쓴 메모는 읽고 있는 책이나 노트에 붙였습니다. 책 읽을 때 같이 읽었어요. 가끔 정리도 했습니다. 그렇게 하니 핸드폰을 본다거나 삼천포로 빠지는 생각을 붙잡을 수 있었습니다. 차곡차곡 모아 놓으면 글감도 됐고요. 의식적으로 합니다. 반복하는 틈새 독서와 메모하기 바쁜 일상의 또 다른 쉼표가 되었습니다.

셋째, 당일 힐링 이벤트 '책방 여행'입니다.

저를 위한 이벤트를 만들고 싶었습니다. 막연하게 하고 싶다, 생각했어요. 그러다 네이버에 검색한 단어 '책방' 전국에 있는 유명한 책방 사진을 보니 예뻤습니다. 당장 가고 싶었죠. 그래서 시작한 것이 당일치기 힐링 여행, '책방 기행'입니다. 자주 갈 수 있으면 좋겠지만 쉽진 않습니다. 무리하지 않게 가끔, 갑자기 갑니다. 당일치기 책방 여행엔 동행자가 있습니다. 얼마 전 아산으로 이사를 온, 자이언트 김미에 작가입니다. 오가는 길, 책 수다 글 쓰는 이야기를 하면 먼 길도 금방입니다.

아산의 '모랭이숲', 당진 '오래된 미래', 공주 '가가 책방'에 다녀왔습니다. 최근엔 독서 모임에서 보령의 '미옥서원'에 다녀왔지요. 주말보다는 평일이 좋았습니다. 방문객도 한두 명밖에 없었거든요.

책방 문을 열고 한 발 들어서면 책 향기가 납니다. 천장까지 빼곡히 들어선 책을 보면 책방지기가 부럽기도 하고요. 연인 만나듯 설렙니다. 자꾸 웃음이 나오죠. 살랑살랑 바람이 된 듯 책 사이를 걷습니다. 마음에 드는 책 한 권 구매합니다. 역시 사람은 좋아하는 걸 해야 하나 봐요. 왕복 세 시간 꼬박 운전해도 힘들지 않습니다. 지역 맛집에 들러 점심도 먹고요. 돌아오는 길엔 카페에 들러 향 좋은 커피도 마십니다. 책을 읽지 않았더라면 알 수 없었던 쉼입니다.

마음이 복잡할 때 책을 펼쳐 듭니다. 메모도 하고요. 가까운 책방에 놀러 갑니다. 복잡한 마음에서 벗어날 수 있습니다. 다양한 아이디어도 떠오릅니다. 문제엔 방법이 떠오릅니다. 정답이 아니라는 걸 압니다. 그래도 불필요한 걱정, 두려움을 없애는 명약입니다.

'실패와 성공은 삶의 경험'이란 말이 떠오릅니다. 제가 겪은 일, 인간관계, 제가 보낸 시간은 지금의 저를 만들기 위해 미리 준비되었던 건 아닐까요. 우연은 없습니다. 악연도, 인연도 결국 제가 선택한 결과인 거죠. 모든 책임은 제게 있습니다. 인정하고 받아들이니 마음이 단단해집니다. 조금 더 나은 선택하려 노력할 뿐! 누구도, 어떤 일도 우연히 오는 건 없으니까요.

명품의 시간
(김혜련)

　어떠한 상황에서도 삶을 굳건하게 지켜주는 그 무엇이 필요했다. 학생일 때는 '공부'라 생각했다. 직장생활 할 때는 '성실'이었다. CEO가 되어서는 '신뢰'가 나를 굳건하게 지켜준다고 믿었다.

　퇴직을 앞두고 상담을 받았다. "어떤 1인 기업을 시작하겠습니까?" 교수의 질문에 명확한 답은 이미 나에게 있었다. 작가로서의 프리랜서(freelance)였다. 프리랜서는 특정 기업, 단체, 조직 등에 전담하지 않고 자기 기술이나 경력, 능력에 있어 전문성을 인정받는 사람이다. 고정적인 소속을 갖지 않고 일하는 경우를 말한다. 일정한 소속 없이 자유 계약으로 일하는 사람. 자기의 판단에 따라 독자적으로 일하는 사람을 가리키는 말로 쓰인다. 그런 사람이 되고 싶었다. 1인 기업가로 독서와 글쓰기를 통해 성장하고 싶었다. 내가 쓰는 글이 다른 사람에게 선한 영향력으로 도움을 주면 좋겠다고 생각했다.

　공저 출간 후 더 배워보고 싶다는 열망으로 망설임 없이 라이팅 코치 양성 과정 1기 등록을 했다. '배워서 남 주자'라는 마음과 함께 자이언트 인증 코치로 출발했다. 2023년 3월 6일(월) 44명의 작가가 줌(ZOOM) 앞에 모였다. '여러분 스스로를 믿으십시오.'라는 사부의 말에 왠지 모를 내면의 힘이 솟구쳤다. 해야 할 일은 세 가지였다. 신뢰를 바탕으로 한 마케팅, 무료 특강과 정규과정 강의, 출간계약의 성과로 요약되었다. 역시 과제도 있었다. 독서, 강의, SNS 홍보, PPT에 동영상을 삽입하는 꿀팁까지 나누는 첫 주차 강의를 들었다.

독자에게 책을 쓰도록 만들겠다는 목표로는 부족하다. 더 나은 세상을 만들겠다는 소명으로 세상을 바꾸는 라이팅 코치가 되라 하였다. 라이팅 코치로서 활동할 실제적인 내용을 자세하게 강의했다. 걸음마를 아기에게 가르치듯 여러 템플릿으로 사례를 들었다.

출간에서 강연까지 꿈과 비전을 상상하는 법까지 조목조목 일러준다. 서평 쓰기, 독서 노트로 자기효능감이 심어지도록 꾸준하게 책을 읽으라 하였다. 무엇보다 아웃풋이 되는 독서법과 다른 사람에게 도움 되는 일의 실천을 펼치라고 했다. 마음에 부정적인 정서가 올라올 때 '덕분입니다'라는 정신으로 글도 쓰고 삶도 살아야겠다. 라이팅 코치 수강자는 2024년 10월 현재 7기 포함 팔십 명이다. 매주 월요일마다 8회차 강의로 평생 강의를 들을 수 있다. 매회 기수 때마다 도움 주는 삶을 나누는 마음을 배운다.

자이언트 코치로《나는 일상에 무너지지 않는다》한 권, 라이팅 코치로 3권 공저 출간을 했다. 일상에서 쓰는 힘을 얻을 수 있는 연대와 공감의 메시지를 담은《그 문장이 내게로 왔다》,《내가 쓰는 글이 너에게 닿기를》,《에세이처럼 살고 싶다》이다.

그 책이 내게로 왔다.

《나는 일상에 무너지지 않는다》공저에 함께 참여했고

나의 퇴고 짝꿍이던 김혜련 작가가《그 문장이 내게로 왔다》책을 보내왔다.

유치원 원장이면서 라이팅 코치라는 새로운 꿈에 도전하고 있는 그.

다정하면서도 이해심 많으며 열정적인 삶을 사는 모습이 글에서도 잘 드러난다.

처음 알게 된 첫사랑 이야기도 흥미롭다. 우린 공통점이 있었다. 첫사랑과 결혼했다는.^^

인생 한 번도 날로 먹은 적 없는 그를 글로 마주하면서

나는 지금 어떻게 살고 있는지 돌아보는 시간이 되었다.

라이팅 코치들이라 역시 다르다. 열다섯 명 모두 글을 잘 쓴다.

김혜련 작가와 다른 열네 명 코치들의 글 쓰는 삶, 가르치는 삶을 응원한다.

- 자이언트 작가 박미희

자이언트 책 쓰기에서 박미희 작가를 짝꿍 퇴고하면서 만났다. 글쓰기에서 서평과 댓글, 후기는 덤이다. 용기 얻고 행복하며 감사를 배운다.

글쓰기 특강 시간에 이은대 사부는 '지금 책상 위에서 의미 없는 물건을 찾아보세요'라고 하였다. 둘러보았다. 나름 다들 의미 있는 물건이었다. 볼펜, 책, 물, 콘센트, 휴대전화, 노트북. 의미 없는 것은 없었다. 의미란? 어떤 말이나 글이 나타내고 있는 내용이라고 어학사전에서 말했다. 백과사전에서는 언어가 가리키는 사물이라고 했다. 의미의 정의는 언어학을 비롯하여 철학, 심리학 등 여러 학문에서 깊이 관심을 가지는 문제다. 그러나 의미는 극히 추상적이고 비감각적인 심적 내용이기 때문에 파악하기 쉽지 않다고 한다. 한 단어에도 같은 듯하지만, 다른 여러 내용을 내포하고 있다.

내가, 이 세상에 태어난 의미는 무엇인가?
어떤 선한 영향력으로 더불어 살아갈 수 있는가?
나도 그들을 도울 수 있는 가치 있는 일은 무엇인가?

마음이 복잡할 때 글쓰기는 격려가 된다. 생각을 정리하고 차분한 마음으로 돌아간다. 처음부터 완벽하면 좋겠지만 글을 쓰면서 반성하고 위로가 되기도 한다. 바르게 잘 살아가야 한다고 삶을 자주 살피게 된다.

 덮어두었던 개인 저서 글을 다시 읽어보았다. 열정적이고 열심히 살았다는 초기 글을 보노라니 부끄러웠다. 아직도 두께를 가늠 못 하는 글쓰기를 하고 있다. 두려움과 열망의 계단을 한 계단씩 오르고 있다. 글쓰기가 쉽다면 독자는 없고 작가만 있을 것이라는 말을 실감한다. 어느 강연에서 "책을 출간한다는 것은 두꺼운 명함을 만드는 것이다."라고 들었다. 그 말이 인상 깊었다. 두꺼운 명함에 대한 갈망이 큰 만큼 시간과 노력이 따라주지 못했나 보다. 머릿속에는 항상 해야 할 과제처럼 부담으로 다가왔다. 말하는 대로 이루어진다고 한다. 부담이 아니라 책을 출간했다는 장담으로 바꾸자. 열심히 사는 것과 후회 없이 사는 것은 다르다. 하루를 살아내는 평범한 일상의 소중한 가치를 글로 담아내자. 별일 없는 하루 속에서 의미 있는 최적의 글을 만나자.

 명품 가방과 일반 가방의 차이점은 쇼호스트가 흰 장갑을 꼈다는 것이다. 나의 시간도 명품으로 만들자. 흰 장갑을 준비하고 일상을 귀하게 보내자. 도전한 것만으로도 잘한 일이다. 살아갈 날에 해야 할 소명이 생겼기 때문이다. 굳건하게 나를 지켜주는 원칙 글쓰기다.

03

내 마음의 새벽 시간
(서주운)

새벽 시간을 좋아합니다. 하루를 시작하는 새벽 내음도 달콤하고 주변 어둠이 점점 희미해지는, 동트는 그 순간도 황홀합니다. 무엇보다 고요해서 그 시간을 즐깁니다.

세상은 시끄럽습니다. 빠르게 잘도 돌아갑니다.

"그 얘기 들었어? 이효리가 현금 60억 주고 집 사서 서울로 이사했대. 진짜 이효리가 장난스럽게 '나 정말 돈 많아요!'라고 말해서 안 믿는 사람 많은 것 같은데 진짜 돈 많대." 친구 k가 호들갑스럽게 이야기합니다.

"어제 뉴스 봤어요? 고등학생 여자아이 불쌍해서 어째요! 친구 데려다주고 오는 길에 모르는 남자가 뒤에서 찔렀대요. 지나가는 행인한테 살려달라고 했다는데 결국 죽고 말았어요. 그 엄마 심정 어떨까요? 정말 마음 아파요." 막내딸과 같은 유치원에 보내는 아이 엄마가 등원 길에 어젯밤 뉴스에서 보고들은 사건을 전해줍니다.

"요즘 배추가 얼마인지 알아? 어제 마트 갔더니 한 통에 만 오천 원 달라더라. 조그맣고 속도 빈 것 같던데 말이야. 그리고 두 통도 못 사! 한 사람당 한 통씩만 살 수 있대 글쎄." 언니는 어이가 없다는 듯 말했습니다.

비단 이 이야기뿐이겠습니까? 매일 아침 출근길 교통 상황 이야기를 시작으로 어느 기업가의 갑질 논란, 모 연예인의 부조리한 일들, 어떤 정치인의 몰지각한 비리까지 크고 작은 일들로 세상은 늘 시끄럽습니다.

좋은 소식들로도 떠들썩합니다. 이름 없는 천사의 기부, 우리나라 선수의 금메달 획득, 한강 작가의 노벨 문학상까지 놀랍고 감동적인 소식으로 세계가 뜨겁습니다. 오늘 뜨겁게 달군 이야기들은 내일 가면 식어버리고 또 다른 이야기로 하루를 달굽니다. 세상은 빠르게 읽히기도 빠르게 잊히기도 하며 잘도 돌아갑니다.

우리 집도 시끄럽습니다. 아이 넷. 바람 잘 날 없습니다.

아이들은 나만 보면 배고프다고 합니다. 한창 클 나이니까 이해도 갑니다. 그래, 많이 먹고 많이 커라. 하루에도 밥상을 몇 번 차리는지 모르겠습니다. 아이들은 엄마를 자주 부릅니다. 엄마 내 회색 후드티 못 봤어요? 엄마 나 내일 태극기 달고 사진 찍어야 해요. 엄마 나 친구랑 영화 보고 들어갈게요. 엄마 나 일곱 시에 깨워줘요. 엄마! 엄마! 엄마! 엄마!

아이가 넷이니 각자 하루에 다섯 번씩만 불러도 스무 번이요, 열 번씩만 불러도 마흔 번이나 됩니다.

첫 공저를 쓰는 날도 그랬습니다. 가족여행과 겹쳤는데 여행 첫 날 셋째 규연이가 머리랑 배가 아프다고 했습니다. 먹는 것을 좋아하는 녀석이 밥과 간식도 안 먹는다 하더니 저녁 여덟 시 경부터 구토를 하기 시작했습니다. 장염 증상입니다. 2박 3일 예정이었지만 다음 날 바로 집에 가기로 했습니다. 그날 밤, 셋째 규연이는 화장실을 계속 들락날락했고 막내 서원이도 배가 아프다며 잠을 설쳤습니다. 집에 돌아와서는 첫째 수영이가, 다음 날에는 둘째 규휘마저 구토하느라 난리였습니다. 마치 구토 대결이라도 하는 듯했습니다. 글을 쓰다 토를 치우고 토를 치우다 글을 썼습니다. 글을 쓰느라 밤샌 건지 토를 치우느라 밤샌 건지 정신이 하나도 없습니다.

요즘 첫째 수영이는 고3이라 수시 전형에 집중하고 기말고사 준비로 밤샘 공부를 합니다. 둘째 규휘는 자전거에 푹 빠져서 엑스포 남문 광장으로 친구들과 늦은 시간까지 자전거를 타러 가고 가끔 중고거래도 합니다. 이번 주 토요일에는 경기도 이천에 가자고 하네요. 자전거 프레임이랑 바퀴가 팔렸다고 합니다. 셋째 규연이는 미니 자동차를 수집하고 움직이는 관절 인형을 조립하고 영상 찍어 유튜브에 올립니다. 조종하는 자동차를 자유자재 조종하며 거실을 한참이나 누비고 다닙니다. 넷째 서원이는 요즘 유행하는 티니핑 캐릭터에 푹 빠져 살고 있습니다. 하츄핑, 공쥬핑, 메모핑, 토닥핑, 꺄르핑, 아야핑, 포근핑 등등 백 개가 넘는 캐릭터 이름을 다 외웁니다. 티니핑 색칠 공부를 하고 유튜브를 보면서 노래도 따라 부릅니다. 노래 중간에 그 유명한 시진핑도 등장합니다. 그럴 때면 아~ 깜짝이야! 소리를 지르고 못생겼다며 개구쟁이처럼 함박웃음을 보입니다. 이 캐릭터 인형들을 종류별로 다 사주면 엄마들 파산핑 될 거라는 우스갯소리도 들립니다.

나 역시 속 시끄러울 때 있습니다. 대소사를 챙기느라 정신없기도 하고, 감기몸살로 아프기도 하고, 루틴이 깨져 의기소침해지기도 합니다. 웃을 일도 많지요. 오랜만에 연락 온 친구의 전화가 반갑고 계획했던 일이 잘 성사되어 기쁘고 적금 만기 문자에 부자가 된 것 같기도 합니다.

소란스럽고 혼란한 세상입니다. 말도 많고 탈도 많은 일상입니다. 하루에도 몇 번씩 이랬다저랬다 하는 나입니다. 세상 모든 이야기에 귀 기울이고 일상에 빠져 정신없이 살아가는 사람 많습니다. 삶이 공허하지요. 그냥 그렇게 세상에, 일상에, 나를 잃어버린 채 살아갑니다. 나도 세상사 다 간섭하고 모든 이야기에 동요하며 시간을 죽인 적 많습니다. 일상에 치여 지친 몸으로 그대로 잠이 들었던 날도 다반사입니다. 점점 나의 정체성이 희미해져 갔습니다. 글을 쓰기 시작했습니다. 지금까지와는 다른 세상을 만날 수 있었습니다. 한없이 고요했습니다. 나에게 집중할 수 있었지요. 글쓰기는 소란스럽고 혼란한 세상에서 나의 존재가치를 찾는 일입니다. 이젠 세상사에 흔들리지 않습니다. 중심 잡고 살아갑니다. 글을 쓰는 동안 나를, 일상을, 세상을 마주하게 됩니다. 하루

30분 글쓰기를 하고 있습니다, 나와 만나는 시간입니다. 하루를 마무리하며 일기도 씁니다. 글 쓰는 시간, 내 마음은 고요한 새벽입니다.

끝이 좋으면 다 좋은 거니까요
(서한나)

매일 밤 책상 앞에 앉습니다. 책상 위 책꽂이에서 일기장을 꺼냅니다. 일기장 표지 안쪽에 날짜 스티커를 붙여놨습니다. 오늘 날짜 스티커 떼어, 일기장에 붙입니다. 좋아하는 잉크 펜을 듭니다. 오늘 있었던 일을 쭉 써봅니다. 시간 순서대로 쓰기도 하고요. 주요 이벤트가 있다면 그것을 먼저 적기도 합니다. 머릿속에 떠오르는 대로 적는 편입니다. 오늘 들었던 느낌도 같이 기록합니다. 메모해 놓은 것을 보면서 일기를 씁니다.

글쓰기 수업 듣다가 일기를 써야겠다고 생각했지요. 세 가지 이유입니다. 첫째는 쓰는 모습을 보이고 싶었습니다. 글쓰기를 가르칩니다. 수강생에게만 쓰라고 말하고 싶지 않았습니다. 일기가 글쓰는 습관을 지니는 데 좋을 것 같았습니다. 둘째는 글쓰기 연습입니다. 글쓰기를 배우니, 써먹어 보고 싶었습니다. 셋째는 기록입니다. 어떻게 살아가는지, 무슨 생각을 하고 있는지를 남겨보고 싶었습니다. 이렇게 쓰기 시작한 메모와 일기 쓰기가 200일 정도 되었습니다. 처음에는 메모와 일기를 공책에 썼습니다. 쓰다 보니 볼펜으로 쓰기보다 타자가 더 편하더라고요. 지금은 공책에 메모하고, 블로그에 포스팅하고 있습니다.

 하루를 기록하면서 좋았던 점은 세 가지입니다. 첫째, 상황을 객관적으로 보게 됩니다. 아침에 눈을 떴습니다. 물을 한 잔 마시려고 주방에 갔지요. 설거짓거리가 싱크대 가득 차 있습니다. 식탁에도 음식 부스러기가 남아 있습니다. 술병, 술잔이 식탁에 있습니다. 먹었던 물컵도 싱크대 옆에 그대로 있고요. 프라이팬 안에 주걱이 있고, 사용한 상태로 가스레인지 위에 올려져 있습니다. 가스레인지 주변도 기름과 튀김 부스러기가 가득하고요. 순간 머리로 피가 솟구치는 느낌이 듭니다. 미간이 찌푸려졌습니다. 욕이 목구멍까지 차오릅니다. 남편은 저와 아이가 잔 뒤, 야식을 먹었습니다. 먹은 것을 치우지 않고 그냥 잔 남편. 안방에서 코 골면서 자고 있습니다. 설거지하고 있으니, 남편이 일어납니다. 기지개를 켜고 거실로 나오며, 한마디 합니다. 아침에 일어나서 하려고 했는데, 이미 하고 있다며 미안하다고. 그 소리에 얼굴이 벌게집니다. 두피가 뜨거워지죠. 표정도 굳습니다. 소리는 들었지만 쳐다보지 않고 대답만 합니다. 설거지 마치고, 공부방 가서 책상 앞에 앉았습니다. 노트를 펼칩니다. 방금 일어난 일과 내 기분을 적어 봅니다. 쓰면서 알게 됩니다. 아침에 일어나서 주방에 갔을 때 어떤 상태이길 바라는지. 남편은 치우지 않고 잠든 것에 대해 별생각 없는 것 같습니다. 일하고 온 남편, 피곤해서 치우지 못했겠다는 생각도 듭니다. 그리고 보니 돌려서 말한 적은 있지만, 대놓고 꼭 치워달라고 한 적도 없었던 것 같습니다. 남편하고 점심 먹으면서 아침 일을 이야기했습니다. 아침에 일어나서 주방에 왔을 때, 주방이 깔끔하길 바라는 것을요. 먹고 난 후에는 꼭 치웠으면 좋겠다고 말입니다. 자주 치우지 않고 자는 때가 많다고. 음식 냄새도 나고, 벌레가 생길 수도 있다는 이유도 말해줍니다. 사과도 덧붙였습니다. 냉랭한 태도를 보인 것에 대해서요. 써 보니 내 마음이 보입니다. 처음에는 남편 때문에 화가 났다고 생각했습니다. 남편에게 그런 태도를 보인 건 저였지요. 내가 표현하지 않아 놓고, 원하는 대로 하지 않았다고 생각한 것이지요.

둘째, 다르게 생각할 수 있는 계기가 됩니다. 예전에는 상황을 곧이곧대로 받아들이는 편이었습니다. 나에게 유리하게 해석하는 방법을 몰랐지요. 그러다 보니 나는 왜 이럴까 자책하기도 했고요. 남 탓도 많이 했습니다. 6~7년 정도 사용한 노트북. 온라인 강의할 때 컴퓨터가 버벅댑니다. 가격이 비싸니 사기 망설였습니다. 신용카드 없습니다. 한 번에 목돈을 써야 했지요. 노트북을 구매할 요량으로 수입이 생길 때마다 조금씩 모았습니다. 노트북을 사야겠다고 생각한 지 삼 년 만이었습니다. 산 지 두 달 만에 노트북이 세 번이나 멈췄습니다. 온라인 원격 AS, 서비스 센터 방문, 서비스 기사와 통화도 여러 차례. 증상을 해결하기 위해 시간을 들여야 했지요. 결국 메인보드를 교체했습니다. 기분이 나쁘기보다 글 쓸 거리가 생겨 좋았습니다. 이전이라면 이렇게 생각 못

했을 겁니다. 제가 사는 물건, 하자 있는 경우 많았거든요. 드라이기를 샀는데, 작동이 되지 않아 세 번 교환. 결국 환불받았습니다. 전자레인지를 구매했는데요. 배송받아 보니 상판이 찌그러져 있는 겁니다. 고객센터에 전화했더니 흔치 않은 일에 오히려 직원이 난감해합니다. 택배기사에게 책임을 전가했더라고요. 택배기사가 직접 연락이 와서 배송 중 문제가 없었다고 억울하다며 따지는 통에 당황스러웠습니다. 텔레비전을 구입했는데 패널에 하얀 줄이 있어서 설치한 지 얼마 되지 않아 교환한 적도 있고요. 스타일러도 사용 중 문제가 생겨서 새 제품으로 다시 받았지요. 이 모든 게 신혼 가전 장만할 때 일입니다. 어릴 때도 이런 상황이 자주 있었습니다. 구매한 제품에 하자 있는 경우가 많았습니다. 운이 좋지 않다는 말 달고 살았습니다. 지금은 그저 웃습니다. 재미있는 일이 많이 생겨 좋습니다.

셋째, 하루가 소중합니다. 매일 같은 생활을 반복한다고 느꼈지요. 사실 일어나는 시간, 아침에 가장 먼저 하는 것, 출·퇴근 시간 모두 달랐는데 말이죠. 하나하나를 보지 못하고, 뭉뚱그려서 봤습니다. 글쓰기 수업에서 선생님은 자주 질문합니다. "어제 뭐 하셨나요?" 처음에는 그 말에 떠오르는 게 없었습니다. "그냥 집에 있었는데요."라고 말했지요. 선생님은 말합니다. 똑같은 날은 단 하루도 없다고. 일기를 써 보니 그 말이 무슨 말인지 알겠더라고요. 매일 아기를 돌보며 집안일합니다. 같다고 생각할 수 있지만, 모두 다른 날입니다. 드는 생각이 다르고, 일을 하는 순서도 바뀝니다. 어제와 같은 나는 다시 없습니다. 지금이 오늘뿐이라는 사실에 마음가짐이 달라집니다. 다시 돌릴 수 없는 시간. 재밌게 살고 싶어졌습니다. 못 했다고 후회하기보다, 잘 살아가고 있음에 만족하는 날이 더 많길 바랍니다. 이제는 제가 글쓰기 수업을 하며, 수강생에게 묻습니다. "어제 뭐 하셨지요? 그게 어떤 의미입니까." 라고. 내가 같은 하루가 없다는 것을 알게 된 것처럼. 내 수강생도 그러길 바랍니다.

긍정 확언 중 나는 매일 성장한다는 말이 잘 와닿지 않았습니다. 매번 똑같은데 뭐가 성장일까 싶었지요. 작게 보지 않고, 큰 목표에서만 나를 바라봤기 때문입니다. 하루를 기록하면서 오늘에 집중합니다. 일기가 쌓여가니 내가 매일 성장하고 있다는 말이 실감 납니다. 나는 하루를 마무리하며 책상 앞에 앉습니다. 일기로 찬찬히 하루를 정리하는 시간을 갖습니다. 오늘이 어떤 의미인지 생각해 봅니다. 그리고 나에게 좋은 쪽으로 해석해 봅니다. 하루의 끝이 좋으면 다 좋은 거니까요.

05

나와 마주할 수 있는 시간
(석승희)

AI 기술이 도입되면서 자고 일어나면 달라진 세상이라는 말이 낯설지 않게 되었다. 변화하는 속도가 빠르다 보니 나 자신에 대해 생각해 보는 시간을 가지기 힘들어졌다. 새로운 기술을 따라가려는 노력도 필요하지만 그럴수록 나를 들여다보는 것이 더 필요하다. 나와 마주할 수 있는 시간을 만나는 최고의 방법은 글쓰기다. 글쓰기의 의미와 가치는 무엇일까.

첫 번째 의미는 '성찰'이다. 노트북을 펼치고 하얀 화면을 바라본다. 아무것도 안 쓰인 화면에 키보드 자판을 두드리면서 생각한다. 나는 무슨 이야기를 하고 싶은지 왜 이야기하고 싶은지 내 마음을 엿보게 된다. 다람쥐 쳇바퀴 같은 일상에서 나 혼자만의 내면 여행을 떠나게 된다. 나의 말에 귀를 기울인다. 이 여행에서 자신에 대해 더 깊이 이해하게 되고, 몰랐던 면도 발견할 수 있게 된다. 타인에게 알리고 싶지 않았던 일에 대해서 글을 쓰면서 그때를 다시 회상해보았다. 태어나서 받았던 가장 큰 상처였었는데 머릿속에 떠오르는 대로 몽땅 쏟아내고 난 후에 속이 후련해지는 기분을 느꼈다. 숨기고 싶었던 게 아니었구나. 단지 꺼내놓고 싶은 타이밍을 못 찾고 있었구나. 이제야 비로소 가면을 쓰고 살았던 모습을 완전히 벗어버렸다. 그래서 오히려 가볍다. 두 번째 의미는 마음을 돌보는 도구가 될 수 있다. 복잡하게 뒤섞인 상태를 하나씩 글로 쓰면서 풀어 본다. '이런 이유로 이런 일이 벌어졌구나' '내가 이렇게 생각했구나' 되짚어 보며 내면의 갈등을 해소할 수 있다. 정서적인 안정을 얻을 수 있다. 마음이 편안하면 모든 게 편안하다. 세 번째 의미는 창의성을 발휘할 수 있는 시간이다. 상상의 나래를 펴고 새로운 세계를 만나볼 수 있다. 소설, 시, 동화, 요즘은 소설 중에 웹소설이 인기 있다. 개인적으로 AI를 활용한 동화와 웹소설에 도전 계획을 가지고 있다. 다른 사람들보다 엉뚱한 생각을 많이 하는데 이것을 동화와 웹소설을 써보는 데에 이용해 보려고 한다. 틈나는 대로 어떤 내용으로 써볼까 메모하고 필요한 매체들을 접하고 있다. 다른 작가의 작품을 읽어보는 것이 도움이 된다고 한다. 아주 즐거운 시간일 것 같아 기대가 된다. 네 번째 의미는 '소통'의 수단이 될 수 있다. 인스타그램, 블로그 등 소셜미디어에 글을 쓰면 글을 본 사람들이 댓글을 달면서 서로 대화를 주고받는다. 각자 필요한 정보를 얻기도 한다. 관심 있는 분야의 글을 보며 공감대를 형성한다. 생각과 감정을 글쓰기를 통해 전혀 모르는 사람들과 알게 되는 기회를 만들 수 있다. 많은 사람을 폭넓게 알아 가면서 시야를 넓힐 수 있다. 다섯 번째 의미는 지식을 정리하며 확장할 수 있게 해준다. 특정한 주제에 대해 글을 쓰게 될 경우에 그 주제에 관한 관련 정보나 책을 찾아보게 된다. 그 과정에서 새로운 지식을 습득하게 되고 정리하며 내 실력도 키울 수 있게 된다. 이미 알고 있는 지식에 찾아낸 정보가 합쳐져 고급 지식으로 만들 수 있고 기발한 아이디어를 떠올릴 수도 있다. 여섯 번째 의미는 글쓰기로 자신을 표현할 수 있다. 글을 쓰면 누구나 자신만의 분위기가 있다. 자신만이 낼 수 있는 목소리를 글로 만들어낸다. 일곱 번째 글쓰기는 변화의 시작이 될 수 있다. 에세이나 칼럼 등의 글을 통해 사회적 변화를 만들어 낼 수 있다.

이렇게 글쓰기는 다양한 의미와 가치를 부여한다. 혼란한 현대 사회에 소음 속에 동요되지 않고 나를 만날 수 있는 시간을 만들어 글쓰기의 의미를 직접 경험해보면 좋겠다. 조금씩 자신이 소화할 수 있는 만큼만 시도해 보길 바란다. 매일 일기 한 줄이라도 적어 본다면 세 줄, 다섯 줄 쓰게 되고 어느새 한 페이지를 쓰고 있는 자신을 발견할 수 있을지 모른다. 글쓰기가 어렵지 않다 느끼면 자연스럽게 글을 쓰게 될 것이고 글을 쓰는 실력이 늘게 될 것이다. 빠르게 변화하는 현대 사회에서 글쓰기는 우리에게 귀중한 선물과 같다. 단순한 기술이 아닌, 자아를 발견하고 내면의 목소리에 귀 기울이는 강력한 도구이다. 글쓰기를 통해 우리는 일상의 소음에서 벗어나 진정한 자아와 마주할 수 있는 시간을 가질 수 있다.

글쓰기의 다양한 의미와 가치를 살펴보았다. 성찰의 기회, 정서적 안정, 창의성 발휘, 소통의 수단, 지식 확장, 자기표현, 그리고 사회 변화의 촉매제 역할까지, 글쓰기는 우리 삶의 여러 측면에 긍정적인 영향을 미친다.

이러한 글쓰기의 힘을 경험하기 위해서는 꾸준한 실천이 필요하다. 처음에는 부담스럽게 느껴질 수 있지만, 작은 것부터 시작하는 것이 중요하다. 일상의 사소한 관찰이나 감정부터 기록해보자. 점차 글의 양과 깊이를 늘려 가보면, 어느새 글쓰기가 삶의 자연스러운 일부가 되어 있을 것이다. 글쓰기는 또한 우리를 더 넓은 세계로 인도한다. 소셜미디어를 통해 다양한 사람들과 교류하며 시야를 넓힐 수 있고, 새로운 지식을 탐구하며 지적 호기심을 충족시킬 수 있다. 이 과정에서 우리는 자신만의 독특한 목소리를 발견하게 되고, 이를 통해 세상과 소통하게 된다. 더불어 글쓰기는 개인의 성장을 넘어 사회적 변화의 씨앗이 될 수 있다. 우리의 생각과 경험을 글로 표현함으로써, 다른 이들에게 영감을 주고 공감대를 형성할 수 있다. 이는 작은 변화의 시작점이 되어 더 큰 사회적 움직임으로 이어질 수 있다. 글쓰기를 단순히 정보 전달의 수단으로만 여기지 말고, 자아 발견과 성장의 여정으로 받아들이는 것이 중요하다. 이는 빠르게 변화하는 세상 속에서 우리의 중심을 잡아주는 닻과 같은 역할을 한다.

글쓰기를 시작하는 데에는 특별한 재능이나 조건이 필요하지 않다. 단지 자신의 내면에 귀 기울이고, 그 목소리를 솔직하게 표현하려는 의지만 있으면 된다. 시간이 지날수록 글쓰기 능력은 자연스럽게 향상될 것이며, 이는 곧 자기 이해와 표현력의 증진으로 이어질 것이다. 글쓰기는 우리 삶을 풍요롭게 만드는 소중한 활동이다. 이를 통해 우리는 자신을 더 깊이 이해하고, 타인과 더 효과적으로 소통하며, 세상을 더 넓게 바라볼 수 있게 된다. 따라서 글쓰기를 두려워하지 말고, 자신의 페이스에 맞춰 꾸준히 실천해 나가는 것이 중요하다. 그 과정에서 우리는 더욱 성숙하고 풍요로운 삶을 살아갈 수 있을 것이다.

06

헐크가 사라졌다
(이경숙)

며칠 전 몸 펴기 운동원에서 운동할 때였다. 상체 펴기를 했다. 다른 사람들은 아무렇지 않게 하는 동작인데 도저히 할 수가 없었다. 10분 동안 하는 동작을 끝까지 해내지 못했다. 견갑골 바로 아래쪽에 가로로 봉을 대고 봉 위에 드러눕는다. 봉은 직경 15센티미터 정도이며, 길이는 40센티미터. 다리 모양은 책상다리이다. 동작이 끝난 후 사범님이 한 명 한 명 챙겼다. 나에게는 명치 위 가슴 중간 부분이 아프냐고 물었다. 깜짝 놀랄 만큼 아프다고 하자 예전 사람들이 말하는 화병과 같은 증상이라고 했다. 뭉쳐서 아픈 것이니 그 뭉친 부분을 수시로 풀어주어야 한다고 했다. 더 만지면 눈물이 날 거 같았다. 집에 돌아와 주먹을 쥐고 그 부위를 팡팡 두들겨주었다.

다른 사람과 갈등 상황에 놓이는 걸 싫어한다. 혹시라도 잘못해 큰소리가 날 것 같으면 차라리 입을 다문다. 그냥 잠깐 참으면 그 순간이 지나간다. 그러고 나면 이야기할 여건이 되기도 한다. 불같은 순간이 지난 후에 얘기하면 대부분 사람은 이성을 찾은 후라 수긍한다. 싸울 일이 거의 없다. 앞뒤 얘기를 했을 때는 괜찮은데 말조차 못 하는 경우도 많다. 내 잘못이 아닌데도 혼나거나 야단맞는 경우가 가끔 있다. 특히 성질이 불같은 사람들에게는 속수무책으로 당할 수밖에 없다. 그냥 고스란히 받는다. 상대가 무안해할까 봐 참는다. 가끔은 내가 아닌 듯한 나로 변할 때가 있었다. 몇 년에 한 번 정도로. 그런 내 모습을 보면 사람들이 놀라곤 했다. 내 안에 헐크가 있었다.

지금 사는 집에 이사 와 얼마 안 되었을 때였다. 17, 8년쯤 전. 아래층에 이사 온 사람이 올라와 물이 샌다고 했다. 원래 그 시부모가 살았는데 아들 내외가 와서 산다. 올라오면서 시어머니에게 물이 샌다고 통화하고 있었나 보다. 나를 바꾸라고 했는지 전화기를 내밀었다. 다짜고짜 빨리 수리하라며 소리 질렀다. 우리 집도 샌다고 말하는데도 내 말은 듣지 않고 자기 말만 했다. 처음 전화기 너머로 큰 소리가 들려올 때 기분이 좋지 않았지만, 목소리를 낮췄다. 내 목소리가 낮은데도 계속 큰소리였다. 나도 한참 뭐라고 해댔다. 뭐라 말했는지 기억나지 않는다. 그렇게 큰 소리로 말하고 나서 나도 놀랐다. 통화를 끝내고 나니 손이 떨렸다. 우리 집도 물이 새는데. 알고 보니 6층부터 1층까지 각 층에 물이 새고 있었다.

외국인에게 큰소리를 낸 적도 있다. 호주에서 홈스테이 주인에게. 2003년 1월, 학생 일곱 명과 둘째 영현이를 데리고 브리즈번에 단기 어학연수 인솔자로 갔다. 같이 간 학생은 유치원생과 초등 2학년 둘, 초등 5학년 넷 그리고 6학년인 영현이다. 학생 중 제일 높은 학년이 5학년인데 영현이는 6학년이었다. 엄마가 인솔자라는 이유로 우리 아이만 엄마와 같이 있자고 하기엔 어린 학생들에게 미안했다. 영현이는 5학년 여자아이인 지은이와 같은 집에서 지내고 나는 따로 묵었다. 아가씨가 홈스테이 주인인 집에서 지냈다. 3주 동안 머물기로 했다. 처음 그 집에 갔을 때는 말이 잘 통하지 않았다. 주인인 멜리사 말을 알아듣기 어려웠다. 호주 고유의 억양이 있어서 잘 이해되지 않았다. 멜리사는 내가 말을 잘하는 줄 알았는지 굉장히 빠르게 말했다. 제대로 알아들을 수 없었다. 웃으며 얼버무렸다. 지은이 아버지의 말이 떠올랐다. 출국하던 날, 인천 공항까지 지은이 아버지가 차로 데려다주었다. 지은이 아버지는 동시 통역사다. "선생님, 외국에 처음 나가시죠? 가자마자 영어가 잘 안 들릴 거예요. 이삼일 지나야 괜찮아져요. 저도 그럴 때 많았어요. 요즘도 가끔 그래요." 아, 이런 상황을 얘기한 거였구나.

2주째 주말에 버스를 타고 멀리 나갔다 왔다. 잘 기억나지 않지만, 한국 교회에 다녀왔던 거 같다. 길이 익숙지 않아 평소에는 멀리 다니지 못하는데, 혼자 버스를 타고 다녀왔다. 버스에서 내려 집으로 들어가려는데 멜리사가 문을 열어주지 않았다. 아파트 단지처럼 생긴 곳 바깥 문을 통과해야 집으로 들어갈 수 있다. 커다란 문이 굳게 닫혀 있었다. 인터폰으로 열어 달라고 해도 대답만 하고 열어주지 않았다. 10분 넘게 밖에서 서성였다. 마침 어떤 차가 들어오면서 문이 열려 들어갈 수 있었다. 나는 문이 열리지 않아 밖에서 고생하고 있었는데 이 친구는 집 앞 수영장에서 수영을 즐기고 있었다. 비꼬듯이 웃으며 뭐라고 했다. 난, 알아듣지 못했다.

주말에 내가 우리나라 김밥을 만들어 주겠다고 했더니 좋다고 했다. 김밥을 만드는데 멜리사가 식탁에 앉아 접시만 꺼내려고 하면 "노! 노!"를 연발했다. 김밥 재료 준비한 걸 접시에 담아야 하는데 안 된다고만 했다. 접시가 50개쯤 되는데 그중 하나라도 깨면 한 세트 값을 물어야 한다며. 그릇 한 세트 값이 당시 우리 돈으로 15만 원이 넘었던 것으로 기억한다. 알았다고 말하고 김밥을 만들어 주었다. '노 노'를 외칠 때와 다르게 "프레쉬(Fresh)"를 연발하며 맛있게 먹었다.

결국 그 집을 나오게 되는 일이 생겼다. 처음 도착했던 날, 우리나라 단지 같은 그릇을 가리키면서 손으로 톡톡 치며 뭐라고 말했다. 알아듣지 못했다. 내가 듣던 영어가 아니고 억양도 미국식이 아니니 알아들을 수가 없었다. 미국 영어였더라도 그렇게 빨리 말하면 어려웠을 텐데. 어색하게 웃기만 했다. 2003년 당시 호주에서는 한국으로 전화하면 30센트였다. 통화 시간과 관계없이 한 통화에 30센트였다. 세 통화를 했다. 통화료를 몰라 그 집을 나올 때 통화 당 50센트로 계산해 1달러 50센트를 주고 올 생각이었다. 혹시라도 내가 깜빡하고 그 돈을 쓸까 봐 1달러 50센트를 내 책상 서랍에 두고 다녔다. 첫날 내게 단지를 가리키며 뭐라고 했던 말이 한국에 전화하거든 30센트씩 그 단지에 담으라는 내용이었던 거였다. 내가 그걸 지키지 않으니 화가 났던 모양이었다. 호주에서 며칠 지내다 보니 영어가 조금씩 들렸다. 간간이 모르는 단어가 들리면 그게 뭐냐고 물었다. 첫 주에는 멜리사 집에 머물고 둘째 주는 팜스테이에 다녀왔다. 팜스테이에서 돌아온 직후부터 멜리사가 변했다. 매우 불친절했다. 이유를 모르는 나로선 불편하기 짝이 없었다. 집을 바꾸고 싶다고 주관 업체에 얘기했다.

헤어지기 전날 밤, 서로 마지막 정산을 했다. 첫날 주고받았던 자기 나라 토속 선물을 되돌려주었다. 국제통화료 90센트도 그녀에게 주었다. 그때 멜리사가 내게 말했다. 처음에는 잘 알아듣더니 며칠 지나니 자꾸 모른다고 말하더라며. 무슨 꼼수냐는 듯한 표정으로 나를 봤다. 내가 창문을 세게 닫아서 유리창이 깨질 뻔했다는 둥, 딸과 같이 왔다면서 왜 딸이랑 다른 집에서 사는지 모르겠다는 둥. 또 뭐라고 중얼거리듯 말했다. 그때 멜리사가 '코리안' 뭐라고 뭐라고 영어로 얘기했는데 제대로 알아들을 수가 없었다. 마지막 한마디만 알아들었다. 라익 재퍼니즈(like Japanese). 그 순간 참았던 화가 올라왔다. 앞에 했던 말이 일본 사람에 대해 흉을 본 것이고 한국 사람도 그렇다는 얘기구나 싶었다. '뭣이라고?

우리가 일본 사람 같다고?' 목청껏 말했다. "유! 오스트레일리언, 루드 앤 셀피시(You! Australian, rude and selfish)."그녀가 잠시 멈칫했다. 화가 나서 말하니 내 귀에도 발음이 정확하게 들렸다. 내게 큰 소리로 말하지 말라고 했다. 자기 집이라고. 알았다고 말하고는 캐리어를 끌고 나왔다.

가족에게는 큰소리를 내지 않는다. 마음에 들지 않으면 아예 말을 하지 않았다. 말을 하지 않는다는 게 아예 입을 다문다는 얘기가 아니다. 서운하거나 힘든 내용을 꼭 짚지 않는다는 말이다. 그 말만 빼고 다른 말을 했다. 가족은 평생 함께 지내야 할 사람들이기 때문이었다. 갈등 상황을 만들지 않으려는 나만의 옹졸한 처세였다. 지금은 다르다. 조용히 내가 하고 싶은 말을 한다. 글로 마음을 풀어낼 수 있어서다. 아버님 제사에 오지도 않고, 전화도 하지 않은 동서에게 전화했다. "동서, 어제 왜 안 왔어? 혼자 제사 준비하려니까 힘들더라고. 전화라도 주지 그랬어." "형님 제 전화 기다리지 마세요. 저, 어머님께도 전화 안 해요." "그래, 그래도 내가 서운했다는 걸 자네한테 말하고 싶었어." 한 후에 화제를 돌렸다. 피하지 않고 내 감정을 표현한다. 차분하게. 글을 쓰기에 가능해졌다. 이제. 헐크는 사라졌다.

07

글쓰기로 마음의 안정을 찾다
(이현경)

저는 낯을 가리는 편이고, 사람들 앞에서 말을 잘하지 못합니다. 말주변이 없다고 느껴져서, 한 번에 다른 사람을 설득하는 일도 쉽지 않습니다.

작년, 엄마가 암 수술을 받고 회복 중이던 때에 교통사고가 있었습니다. 엄마는 매일 일찍 일어나서 동네를 산책합니다. 그날도 아침 여섯 시쯤 집 근처 산책을 하러 나가던 길이었습니다. 좌회전하던 차량이 속도를 줄이지 않아 건널목을 건너던 엄마를 보지 못하고 들이받았습니다. 엄마는 의식이 또렷해서 사고 상황을 기억했습니다. 차 바퀴에 다리가 깔린 상태로 차에 치였는데, 운전자가 바로 응급차를 부르지 않고 먼저 부인과 통화를 하는 게 이상하다 했습니다. 몇 번을 119에 신고해 달라고 했는데 통화만 했다고요. 다행히 지나가던 한 아주머니가 경찰차와 응급차를 불러주었습니다.

엄마가 스마트폰을 가지고 나가지 않아서 제가 연락을 받은 건

사고가 나고 두 시간이 지난 후였습니다. 그때 엄마는 병원에서 수술을 기다리고 있었습니다. 암 수술을 받은 지 몇 달 되지 않았는데, 이번에는 교통사고라니 황당했습니다. 운전자는 그 이후로 연락이 닿지 않았고, 모든 문제는 보험사와 처리해야 했습니다. 엄마의 안부를 물어 준 사람도 보험사 직원이었지요. 보험사 직원은 운전자가 사과할 법적 의무는 없고, 모든 일은 보험으로 잘 처리될 테니 최대한 치료를 잘 받으라고 하였습니다.

다친 엄마를 병원에 빨리 데려가지 않은 데다 사과조차 하지 않은 운전자가 괘씸해서 속이 끓어올랐지만, 직접 전화를 걸지는 못했습니다. 주말에 발생한 사고라 월요일에 경찰서를 찾아갔습니다. 경찰서에서 사건 조사를 받았고, 저는 운전자의 음주 운전 가능성을 의심했습니다. 그렇기에 운전자가 바로 응급차를 부르지 않고 병원에 데려가지도 못한 게 아닌가 싶었죠. 신고받고 출동한 경찰이 직접 측정했지만, 음주 운전은 아니라고 했습니다.

경찰서에서 당시 CCTV 영상을 보여주었습니다. 차량에 치인 엄마가 붕 떠서 바닥에 떨어지는 장면을 보자 저도 모르게 고함이 나왔습니다. 조금이라도 더 깊게 치였으면 생명에 문제가 생겼을지도 모를 아찔한 상황이었습니다. 담당 경찰관에게 가해자 처벌이 어떻게 되느냐고 물었습니다. 벌금형이라고 했습니다. 운전자가 고의로 그런 것은 아니기 때문이라고. 법적인 지식도 없고, 아는 사람도 없던 저는 할 수 있는 게 없었습니다. 운전자와 통화하고 싶었습니다. 끝내 통화할 수 없었습니다.

엄마는 발목에 철심을 심는 수술을 받았습니다. 한동안 제대로 걷지 못하였습니다. 신장암 수술 후에 교통사고까지 겹쳐 부작용이 생기지 않을까 걱정이 컸습니다. 뼈가 부러졌을 때는 칼슘을 보충해야 한다고 들었지만, 칼슘이 신장에 좋지 않다는 이야기도 있어 고민이 많았습니다. 걸리는 게 한두 가지 아니었습니다. 어떤 음식은 뼈에 좋지 않고, 또 다른 음식은 신장에 안 좋다고 하여 선택의 폭이 좁아졌습니다. 암 수술 이후 운동을 통해 떨어진 근력을 회복해야 하는데, 교통사고로 인해 움직일 수가 없으니 답답했습니다.

치료는 계속되었습니다. 엄마는 철심 수술 이후 물리 치료를 받았고, 한의원 통원 치료도 병행했습니다. 그동안에도 운전자는 한 번 연락하지 않았습니다. 삼 개월이 지나자 보험사 직원이 합의를 제안했지만, 조금 더 치료받기 위해, 합의 기한을 한 달 연장했습니다. 엄마는 더는 신경 쓰고 싶지 않다며 빨리 합의하자 하였습니다. 운전자 쪽에서는 여전히 아무 연락이 없었지만, 우리는 운이 나빴다고 생각하며 그만 잊기로 했습니다.

일 년이 지날 무렵 엄마에게 낯선 번호로 문자가 왔습니다.

'작년 사고 당시 운전자 부인인데요. 합의하고 싶습니다. 통화가 가능하신가요?'

이번에도 운전자가 연락한 게 아니었습니다. 직접 전화하지 않고 문자로만 소통하는 것도 괘씸했습니다. 생각지도 못했던 일이지만 형사 합의가 남아 있었던 모양입니다. 건널목 교통사고는 중

과실 사고라서, 판사가 피해자와 합의하면 형량을 줄여준다고 말했을 것이라고 짐작했습니다. 엄마가 전화를 걸자마자 대뜸 합의금을 알려달라 했습니다. 엄마는 바로 대답하지 못하고 저에게 연락하였습니다. 제가 다시 전화를 걸어 사과를 요구했습니다. 사고이후 일 년 동안 연락 한 번도 없다가, 이제야 합의하자는 게 말이 되지 않는 것 같았습니다. 합의만을 요구하는 태도도 어이가 없었습니다. 합의금도 받고, 사과도 받았으면 좋았겠지만 그러지 못했습니다.

"이제라도 연락하지 않았습니까? 합의를 안 한다면 저희는 그냥 벌금 내겠습니다!"

합의금을 받지 않아도 상관없었지만, 엄마는 이 일로 또 한 번 상처를 받고 며칠 동안 잠을 설쳤습니다. 이럴 때 제가 법을 잘 알고, 말주변도 있어서 잘 해결했더라면 얼마나 좋았을까 생각했습니다.

없던 일로 하자고 엄마에게 말씀드렸지만, 엄마는 심란해하며, 마음이 불편하다 하였습니다. 엄마의 마음을 조금이라도 편안하게 해 드리고 싶어 탄원서를 쓰기로 했습니다. 일을 크게 만들 수 있다며 동생이 반대했습니다. 탄원서를 쓰는 목적은 합의금을 받기 위한 것이 아니라, 엄마가 잠이라도 편히 주무시길 바랐기 때문이었습니다. 처음 써 보는 탄원서였지만 인터넷을 찾아가며 작성했습니다. 운전자를 처벌해달라는 내용은 적지 않았고, 있는 그대로의 상황만 담았습니다. 탄원서를 보내고 나니 엄마도 한결 마음이 편안해진 것 같았습니다. 이제 잊자며 정리했습니다.

저는 말을 잘하지 못합니다. 그러나 상황을 이해하며 글을 쓸 수 있습니다. 지금도 사람들 앞에서 강의할 때면 준비를 많이 하곤 합니다. 하고 싶은 말을 놓치지 않기 위해 메모를 작성합니다. 앞으로도 말을 할 때 여전히 떨리겠지요. 미리 준비하거나 글로써 제 생각을 전달하는 방식을 우선으로 하며 살아가려 합니다.

글쓰기는 복잡한 감정을 객관적으로 바라보게 해 줍니다. 탄원서를 쓰기 전, 일기를 쓰면서 사고 후 느꼈던 분노와 괘씸한 감정을 글로 풀어냈습니다. 글로 표현하면서 화났던 감정이 어느 정도 해소되었습니다. 상황을 글로 정리해 엄마에게 전달하자, 엄마도 마음이 진정되었습니다. 탄원서 한 장이 문제를 해결한 건 아니지만 엄마의 마음을 다독여 준 것 같았습니다. 글을 쓰면서 저 또한 마음이 평온해졌습니다. 운전자에게 사과받지는 못했지만, 글을 통해 마음의 안정을 찾았습니다. 사고로 인한 고통이 조금은 완화되지 않았나 싶습니다.

08

환갑 지나 글쓰기로 찾은 나만의 고요
(정성희)

'what a wonderful world'를 좋아한다. 루이 암스트롱이 불렀던 올드 팝송이다. 내가 유일하게 가사를 온전히 기억하는 노래이기도 하다. 이 곡을 들을 때면 루이 암스트롱의 일화가 떠오르곤 한다. 루이 암스트롱이 공연장에서 연주하던 어느 날, 무대 아래서 싸움이 일어나 난장판이 됐다고 한다. 그런 상황에서도 전혀 동요하지 않고 연주하던 재즈곡을 멋지게 마쳤다고 한다. "어떻게 이런 소란 속에서도 연주에 몰두할 수 있었나요?"라는 질문에 "왜요? 무슨 일이 있었나요?"라고 천연덕스럽게 되물었다고 한다. 오직 자신이 지금 연주하는 트럼펫이나 노래에만 몰두했기에 세상 어떠한 소란도 그를 방해할 수 없게 만들었던 것 같다. 고요한 경지에 이르렀던 암스트롱의 몰입력이 경이롭다. 나는 피아노 연주하는 걸 동경했지만 아마추어 수준에 멈춘 정도라 그러한 전문가의 모습에 입이 벌어질 뿐이다.

잠시 직장인 밴드 동호회에서 건반 파트를 맡은 적이 있었다. 기타, 드럼, 보컬 등 여러 악기와 조화를 이루며 내가 연주하는 건반 음색에 충실해야 한다. 그러나 나는 집중하지 못했다. 지하 연습실 퀴퀴한 냄새에 신경이 쓰였고, 옆에서 기타 치는 단장이 말할 때마다 담배 절은 내에 코를 막고 싶었고, 좁은 공간에 째지는 듯한 전자음에 귀에 통증을 느껴야 했고, 누가 문 열고 들어오는 소리에 흠칫 놀라는 등 산만하여 몰입할 수 없었다. 머릿속에 딴생각하다 "자, 이 부분 다시요." 했을 때 그 부분이 어딘지 놓치는 바람에 연습에 방해가 되곤 했다. 유료 공연을 몇 번 다닌 적이 있는데 무거운 키보드를 들고 가서 세팅하는 일도 여간 힘든 일이 아니었다. 매번 도움을 요청하니 다른 멤버들이 불편해했다. 특별한 보람도 느끼지 못해서 2년 정도 하다 그만두었다.

환갑에 글쓰기 인생을 시작했다. 글을 쓰는 데는 별다른 도구를 갖춰야 할 필요가 없어 좋았다. 남과 비교하지 않고 나의 목소리를 전할 수 있어 편안했다. 평범한 경험일지라도 특별한 이야기가 될 수 있다는 점도 맘에 들었다. 글쓰기의 장점은 그 외에도 많지만, 새로운 관점에서 나를 다시 바라보는 시각 또한 매력적이다. 똑같은 상황이라 할지라도 글을 쓰며 재해석이 가능하니 말이다. 상처로 쌓여있는 감정의 찌꺼기들을 정화하고 치유하는 역할, 글쓰기의 힘이다.

나이 들어 할 일 없다고 기죽어 고개 숙이고 살 필요는 없다. 글 한번 써본 적 없어 글쓰기가 두렵다 해도 괜찮다. 지금부터라도 얼마든지 작가 세계로 향하는 모험을 즐기면 되니까.

오래전 읽었던 이어령 소설 《둥지 속의 날개》 주인공인 독고윤이 떠오른다. 독고에게 연민의 감정을 느끼며 그와 동일시하고 싶었던 내면 아이도 들추어 내본다. 바보라고 따돌림받았던 유년의 독고처럼 나 역시 바보였다. 독고는 사실 천재였지만 바보인 체했고, 나는 정말 바보 같은 아이였다. 한쪽 귀가 안 들리는 아이를 키순대로 맨 뒷줄에 앉혀놓았으니 뭐든 한 박자 느렸다. 6학년 쉬는 시간이었던가, 내 등을 누가 철썩 때렸다. 만화책을 보느라 열중해 있다 놀라서 고개를 들어보니 서너 명이 뒤에서 깔깔 웃고 난리였다. 나를 놀리느라 귀에 대고 속삭였는데 반응이 없으니 "애 정말 안 들리나 봐."하고 재밌어했던 것이다. 주동자는 짝꿍이었다. 나는 화낼 줄도 모르고 어리둥절 눈만 껌뻑였다. 그때까지 내 귀가 안 들리는 걸 인식하지 못하고 살았었다. 태어날 때부터였는지, 냇가에서 물놀이하다 익사할 뻔한 때부터였는지 도무지 알 도리가 없었다.

어쩌면, 글을 쓰며 세상에 외치고 싶었는지도 모른다. "나 바보 아니야!"라고. 바보 독고가 재치와 번뜩이는 아이디어로 승부를 거는 천재 카피라이터로 성장했듯이 나도 그랬으면 좋았을걸. 나는 그냥 행복한 바보로 살아야 할 것 같다. 다 늦은 환갑 나이에 글쓰기를 시작해서 느리게 느리게 한 줄씩 써나가고 있다. 하지만 어떤가. 세상 사람들에게 인정을 받든 못 받든 상관할 건 아니다. 내가 나의 목소리를 내고 있다는 사실이 멋진 일이니까. 내 삶이 의미 있고 성장했다는 증거니까.

늘 꿀 먹은 벙어리처럼 말을 못 해 답답했었고, 연애편지 한 줄 쓸 글솜씨도 없어 답장 한번 못했던 바보가 글을 쓰고 있다. 나의 생각, 내 마음을 적확하게 표현하지 못했던 갑갑증에서 이제라도 벗어나고자 한다. 자기 생각을 잘 전달하기 위해서 말을 해야 하고, 말을 잘하기 위해서 글을 잘 써야 한다. 반대로 글을 잘 쓰면 말도 조리 있게 잘한다. 말하기와 글쓰기는 각자 따로 노는 게 아니었다. 서로 연계되어 있다. 살면서 이 두 가지가 늘 절실했다.

인생 전반기는 음악에 의지하며 음악으로 위로받으려 했다. 아쉽게도 음악적인 재능도 없고 끈기도 부족했다. 루이 암스트롱처럼 소란스러운 주변을 잠재울 만큼 나만의 세상으로 잠겨 들지도 못했다. 드디어 찾은 글쓰기는 나의 인생 후반기를 고요함으로 이끌고 있다. 어떠한 고통과 슬픔이 찾아온다 해도 버텨낼 수 있을 만큼. 그렇다고 문학적 소양이 있다는 말은 아니다. 어차피 음악이나 문학이나 둘 다 소질은 지지리도 없다. 그러나 그런들 어떻고 저런들 어떻겠는가. 내가 글을 쓰고 싶어 하는 마음이 있다는 게 중요한 게지. "고민하지 말고 있는 그대로 편하게 쓰세요. 그냥 쉽게 쓰세요. 무슨 노벨 문학상 작품 쓰려고 그럽니까?" 자이언트 책 쓰기 수업 시간에 자주 들어 익숙한 말이다. 그렇게도 비현실적으로 느껴졌던 노벨 문학상이 우리 한국에서 현실로 등장하다니 놀랍다.

작가 초보인 나로선 글 쓰며 산다는 게 그리 녹록지만은 않다. 숙제 미루듯 자꾸 꾀부리고 싶기도 하다. 글을 한 줄이라도 쓰는 날엔 마음 뿌듯하다. 하물며 한 꼭지 썼다면 대견하고 자축할 일이다. 초보 작가 격려하는 상 어디 없을까 싶다. 노벨 수고상이라도 생기길 고대해 봐야겠다. 이런 농담이 나오는 건 노벨상 덕분에 자긍심이 생겼다는 것이겠지. 대한민국 최초로 '노벨 문학상'을 수상한 한강 작가의 후광 효과로 모든 글 쓰는 이들의 필력이 빛을 발하길 바라본다.

그렇더라도 모두가 다 노벨 문학상 수상 작가가 될 수는 없을 것이다. 다만, '어, 저런 사람도 작가네? 그럼 나도 될 수 있겠네!'라며, 나 같은 사람 보며 글쓰기에 대한 용기를 얻고 동기부여를 받는다면 그 또한 노벨상만큼이나 괜찮은 일 아니겠는가. 글쓰기를 멈추지 않는다면, 작가의 길을 포기하지 않는다면, 나도 누군가에게 도움이 되는 글을 쓸 수 있을 거라 믿는다.

09

글 쓰는 일상이 주는 행복
(정인구)

매일 글을 쓴다는 마음으로 하루를 시작하면 삶이 행복해진다. 왜냐하면, 보고, 듣고, 경험한 모든 그것에 의미를 부여하려고 노력하기 때문이다.

매일 오전 5시부터 7시 사이에 글을 쓴다. 글감은 메모 수첩에 기록한 어제, 오늘 있었던 내용을 참고한다. 오늘 기록한 메모 수첩 내용은 '63번 버스 기사 친절, 독서 모임 글쓰기 습관'이다. 이 내용을 참고하여 글쓰기로 했다. 글 쓰는 사람에게 꼭 필요한 도구는 메모 수첩이다. 하루 있었던 일을 팩트 위주로 기록한다. 그때 느낌과 감정이 어땠는지도 적는다. 메모한 후 글을 쓰면 쉽다. 아무런 메모도 없이 갑작스럽게 글을 쓰려면 힘들다.

혹 그저께 무슨 일을 했는지 생각나는가? 아마 기억을 더듬으며 한참 생각하는 사람이 많을 것이다. 아침 출근할 때와 저녁에 집에 올 때의 나는 완전히 다른 사람이다. 종일 수많은 일을 경험했기 때문이다. 마치 책을 읽기 전의 나와 읽고 난 후의 나는 완전히 다른 사람인 것처럼 말이다.

매일 글을 쓰지 않았을 때는 내가 경험한 소중한 것이 흔적도 없이 사라졌다. 그 경험으로 남을 도울 기회를 놓친 셈이다.

메모 수첩에 기록한 63번 버스 기사 친절에 관한 내용으로 다음과 같이 글을 쓴다.

어린이 대공원 산책도 하고 부산 시민도서관에서 책 한 권 읽고 올 요량으로 공원행 버스를 기다렸다. 전광판에 63번 2분 후, 81번 7분 후 도착, 안내 글씨가 보였다. 잠시 후 저 63번 버스가 두 눈에 빛을 내며 다가와 내 앞에 멈췄다. 버스에 탔다. 안녕하십니까? 어서 오이소! 버스 기사 목소리가 푸근했다. 갑작스럽게 훅 들어온 인사여서 당황했다. 기사 인사에 대한 답인사도 못 하고 자리에 앉았다. 버스가 출발했다. 다음 정류장 도착 안내방송이 흘러나왔다. 연이어 버스 기사가 육성으로 안내방송을 했다. 버스가 움직일 때 일어나면 위험해요. 다 내리시고 나면 출발할 테니 천천히 내리이소. 부산 사투리가 정겹다. 승객과 대화하듯 안내방송이 흘러나왔다. 영혼 없는 방송 기계음과는 달랐다. 다음 정류장에 도착했다. 타고 내리는 승객에게 할머니 조심해 올라오이소! 조심해서 천천히 내리이소. 내리고 타는 승객에게 안내방송을 했다. 전혀 서두르는 기색은 보이지 않았다.

기사의 말투나 표정으로 봐서 억지로 하는 것은 아닌 듯 보였다. 과연 종일 저렇게 인사할 수 있을까? 궁금해졌다. 회사에서 시켜서 인사하는 것은 아닌지, 책 읽고 자기 계발하는 분인가?, 교회 장로나 집사가 아닌지, 사내 CS 강사일까? 끝까지 따라가 보고 싶다는 생각이 들었다. 뭐가 됐던 진심으로 승객을 돕고 위한다는 마음은 분명한 것 같았다. 다섯 코스 가는 동안 지켜본 결과 진심으로 친절을 베푸는 사람으로 느껴졌다. 목적지인 어린이 대공원 입구 정류장에 도착했다. 기사에게 차라도 한잔 대접하고 싶은 심정이었다. 탈 때 제대로 못 했던 인사를 목청껏 했다.

"멋쟁이 기사님, 감사합니다. 좋은 하루 보내십시오!"

어린이 대공원으로 향하는 발걸음이 가벼웠다. 공원길 아침 공기가 달다. 나무, 새소리, 도란도란 이야기 소리. 공원 호수에 비치는 태양 빛이 눈 부셨다. 콧노래가 흘러나왔다. 기분 좋은 날이 될 것 같았다. 버스 기사 친절은 마치 감동적인 책을 읽고 난 후 느낌과 비슷했다.

63번 버스 기사는 다른 사람이 하지 않는 것을 왜 하는지 모르겠다. 타고 내리는 한 사람 한 사람을 가족처럼 친구처럼 대했다. 덕분에 승객들은 자신들의 원하는 목적지에 내려 기분 좋게 하루를 시작했을 가능성이 크다. 누군가에게 행복을 전하는 작가가 되고 싶다. 버스 기사는 나에게 글감을, 행복을 전해주었다. 이 내용을 글로 써서 블로그에 올렸다. 글 쓰지 않았다면 63번 기사 친절한 마음이, 선한 행동이 묻힐 뻔했다.

토요일 아침 7시. 부산 큰솔나비 독서 모임에 참석했다. 김종원 작가 《글은 어떻게 삶이 되는가》 책으로 독서 토론을 했다. 책에 이런 내용이 있어 회원들과 공유했다. 작가는 학교나 기업체에서 강의 요청에 대한 거절 메일을 보낼 때 마음이 아프지 않게 정성을 다한다고 했다. 이미 쓴 메일을 여러 차례 다시 읽어보며 수정하고 또 수정하여 최대한 좋은 마음을 담아 보낸다고. 거절 메일을 받은 사람은 이런 답변을 보내왔다고 했다.

"작가님, 이런 따뜻한 메일은 처음 받아보았습니다. 참 놀랍죠? 작가님은 분명 강연을 거절하셨지만, 전혀 제 기분이 나쁘지도 아프지도 않아요. 향기로운 커피 한 잔을 받은 기분입니다."

일면식도 없는 사람에게 거절 메일 한 통 보낼 때도 몇 번을 생각하고 수정하고 또 수정하는 작가의 삶이 곧 글이고 글이 곧 삶이 된다는 것을 회원들과 공유했다.

J 회원이 '글을 쓰면 삶이 좋아진다'는 데 우리 조원 다섯 명이 매일 글을 써서 함께 공유하자고 제안했다. 모두 동의했다. 이어 전체 토론 시간에 희망하는 사람 함께 하자고 말했다. 글쓰기 단체카톡방을 만들었다. 독서 모임 카페에 '글쓰기 방'을 개설했다. 지금 스물두 명이 4일째 동참하고 있다. 카페에 올라오는 회원들

의 생생한 일상을 엿볼 수 있어 기분 좋다. 카페 올라온 글 중 일부다.

"카페 글쓰기 방에 올라온 블로그 글을 읽고 눈물이 핑 돌았다. 일에 대한 열정과 고단함을 그대로 느낄 수 있었다. 한 달 전 회사에서 부당 해고와 관련하여 소송 답변서 적으며 힘들다고 하소연한 적이 있었다. 나처럼 직장동료로 인해 고초를 겪은 적이 있다고 말씀해 주셨다. '불편한 일이라도 꼭 해야 할 일은 피하지 않고 했기 때문'이라는 답을 얻었다. (중략)"

어제는 K 선배의 부동산 사업장에 들렀다. 글쓰기 방에 올라온 글을 읽고 다른 사람들 삶을 엿볼 수 있어 즐겁다며 활짝 웃었다. 표정이 밝아서 그런지 사업이 잘되어 쉴 시간이 없다며 행복한 비명이다. 글쓰기 방에 제일 먼저 글을 올린다. 일일이 공감과 댓글 다는 따뜻한 마음을 갖고 있다. 나도 닮고 싶다.

63번 시내버스 기사 친절에 관한 내용과 김종원 작가의 책 내용 사이 공통점을 발견했다. 사람들을 원하는 목적지로 안내해 준다. 독자와 작가가 이야기하듯 버스 기사도 가족처럼 안내하고 인사했다. 독자가 책을 읽을 때 감동을 주듯 버스 기사 인사도 그러했다. 작가가 글을 쓰는 목적은 독자를 위함이다. 기사도 승객이 목적지에 편히 도착할 수 있도록 돕는 마음을 가졌다. 김종원 작가도 기사도 사람을 존중하고 돕고, 배려하는 마음을 가졌다. 책을 읽고 나면 기분이 좋아지듯이 기사 덕분에 나는 종일 기분이 좋았다.

무심코 지나쳤던 일상에 의미를 부여하려고 노력한다. 의미는 사람을 위한 생각이다. 생각을 글로 옮기는 것이 글쓰기다. 글이 좋아지면 언어가 좋아지고 삶이 행복해진다.

"여보, 또 침대에 불 안 껐네……." 오늘도 의미가 시작되고 있다.

10

명상과 글쓰기로 나를 만나는 곳, 나 연구소
(최미교)

내 휴대폰은 무음이다. 남편과 지인들이 왜 그렇게 통화가 안 되냐고 해서 불빛이 번쩍거리게 설정해두었다. 휴대폰과 멀리 떨어져 있으면 못 보기는 매한가지다. 팬데믹 이후 온라인 세상이다. 접속하는 순간 내 고요한 세상은 흩어진다. 인스타그램 앱을 열면 전 세계가 보인다. 유튜브 쇼츠, 틱톡, 인스타그램 릴스를 보다 보면, 웬만한 결단 없이는 빠져나오기 힘들다. 온라인 채팅방에 글이 올라올 때마다 사람들의 말소리가 들리는 듯하다. 정치, 경제 관련 사건, 사고를 비롯하여, 추측성 정보나 루머들을 접하느라 눈과 귀가 잠시도 쉴 틈이 없다. 생각은 복잡해지고 마음이 휩쓸려 다닌다.

느리고 고요한 시간을 즐기는 걸 좋아한다. 벨 소리, TV 소리, 문을 세게 닫는 소리, 쿵쿵 걷는 발소리, 일상의 소리에 민감하다. 가사 있는 음악을 듣지 않는다. 내 생각이 시끄럽기 때문이다. 주기적으로 생각 정리해 줘야 한다. 마음이 힘들거나 결정해야 할 일이 있을 때마다 내 안에 고요한 공간을 만든다.

생각 정리하는 두 가지 방법이 있다. 첫 번째는 명상이다. 아침에 눈을 뜨면 바로 일어나지 않는다. 침대에 누운 채로, 유튜브에서 싱잉볼 소리나 옴 마니 반 메 옴(죄악이 사라지고 공덕이 생긴다는 뜻을 가진 불교의 진언 중 하나)을 틀어 놓는다. 바흐의 음악도 좋다. 감정 상태에 맞는 아로마 오일 향수를 심장 부위에 바른 후 심호흡을 크게 한다. 스트레칭하면서 몸을 깨운 후 하루를 시작한다.

혼란스러운 생각을 정리하는 두 번째 방법은 글쓰기다.

《글쓰기 명상》에서 김성수 작가는, 나의 글을 누구에게도 보여주지 않는 것이 글쓰기 명상의 매력 중 하나라고 한다. 고백하듯 혼자 쓰는 글은 쓰고 나서 바로 폐기할 때, 가슴이 열리고 오랫동안 품고 있었던 비밀의 문이 열릴 것이라고 말한다.

내가 첫 번째 쓴 책 〈사물의 글쓰기〉에도 비슷한 말이 있어 옮겨 적어본다.

글을 쓰며 살아갈 힘을 얻게 된 이유는 나에 대한 비밀이 보장되었기 때문입니다. (중략) 글로 나와 소통하면 나는 어떤 성향이고, 어떤 생각을 하는 사람인지, 어떨 때 화가 나는지, 어떻게 해야 마음이 풀리는지 알게 됩니다. 나를 객관적인 입장에서 바라볼 수 있습니다. 있는 그대로의 진짜 나를 만날 수 있습니다.

명상하듯 글을 쓴다. 생각나는 대로 노트에 적는다. 어제 있었던 일, 요즘 드는 생각, 사람들과의 관계에서 힘든 점, 내 일에 자신감이 떨어지는 이유, 화가 나는 이유를 쓴다. 마음에 상처를 받았을 때는 그때의 상황과 느낌을 그대로 적는다. 감정의 스트레스를 글로 풀 때, 부정적 마음을 그대로 토해낸다. 글을 쓰는 동안 격했던 감정이 걸러지고 생각이 정리된다.

어릴 때부터 떠돌이 생활을 했다. 눈칫밥 먹으며 살았다. 인정받기 위해 하기 싫은 일을 하기도 하고, 돈 벌기 위해 일에만 빠져 살기도 했다. 다른 사람을 위해 살다 보니 내가 사는 이유를 잃어버리기도 했다.

서른여덟 살이 되면서 자기 계발을 시작했다. 어릴 때부터 품었던 꿈을 이루기 위해서다. 내 꿈은 '나로 살아가는 거였다. 나로 살아가려면 마음 공간이 필요했다.

내 마음 공간은 '나 연구소'다. 나 연구소에서는 나만 연구하면 된다. 나는 어떻게 태어났는가, 무엇을 좋아하는가, 어떤 삶을 살고 싶은가, 절대로 양보할 수 없는 건 무엇인가, 어떤 사람들과 인생을 함께하고 싶은가, 삶의 궁극적인 목적은 무엇인가, 그러려면 지금 무엇을 해야 하는가! 오로지 나를 관찰하고 공부하는 곳이다. 외부 환경에 치이는 내 마음을 쉬게 하는 섬 공간이다.

1인 사업장을 운영 중이다. 감정 심리 상담, 싱잉볼, 아로마테라피, 글쓰기 테라피 등 치유 도구를 이용해 자신을 스스로 치유하고 성장할 수 있도록 돕는다. 내 꿈(나로 살아가기)을 펼쳐 놓은 곳이다. 나를 연구하고 찾아낸 삶의 의미를 담은 곳이다. 코로나 팬데믹을 겪고 3년째다. 코로나가 끝났어도 2024년 경기는 회복할 기미가 안 보인다. 주위에서 '걱정되니까'라며 이런저런 말을 한다. 특히 가족의 말에 상처받는다. 아무리 단단하게 마음먹어도 현실적 문제에 부딪히면 멘탈이 흔들릴 때가 있다. 그럴 때마다 글쓰기 모드로 들어간다. 생각나는 대로 떠오르는 것을 노트에 쓰기도 하고, 공간에서 글쓰기 회원들과 함께 쓰기도 한다. '최미교 연구소'는 연중무휴 운영한다. 연구 결과는 글이다. 글은 나 자신이다. 글로 나를 쓰고 살아낸다.

《글쓰기 명상》에서 김성수 작가는 '그 일이 화나는 20가지 이유'를 적어보라고 하면서 자신의 경험을 이야기한다. 자신의 분노 덩어리를 밀가루 반죽에서 수제비 떼어내듯이 분리시켜 보았더니 처음과 다르게 화의 정도가 가벼워졌다고. 마치 묵직한 고깃덩이를 얄팍하게 썰어놓은 듯이 무게감이 확 줄어든 느낌이 들었다고. 화의 무게가 줄어드니 나비가 되어 날아오르듯 마음이 가벼워졌다고 한다.

글을 쓰면서 화를 다스린다. 화를 다스리는 글쓰기는 몸이 아픈 원인을 정밀 검사하듯, 마음 깊은 곳을 세밀하게 들여다볼 수 있다. 몸의 병을 알아낼 수 있듯이 마음의 결핍을 알아차릴 수 있다. 결핍이 만든 화가 나를 조정하고 있음을 알게 된다. 쓰는 자체만으로도 마음속에 있던 화가 분해된다. 조금 전까지만 해도 괴로웠던 마음이 글을 쓰면서 가벼워진다. 괴로운 감정을 명상하듯 글로 정리하면 차분하고 고요한 마음으로 되돌아올 수 있다.

글쓰기는 내면의 고요한 세상으로 들어오게 하는 통로이다. 고요한 세상에서 생각이 자유로워진다. 외부 자극으로부터 불안한 마음이 안정된다. 세상의 잣대에 맞추지 않아도 된다고, 기죽지 말자고 되뇌며 용기 얻는다. 다른 사람들로부터 받은 상처를 스스로 치유할 시간을 갖고 긍정 에너지를 채울 수 있다. 나만의 목소리를 들을 수 있는 마음 공간은 글을 쓸 때 만들어진다.

문구용품 파는 곳에 가면 예쁜 노트가 많다. 맘에 드는 노트 한 권 사서 이름을 붙여본다! 〈최미교 연구소〉, 〈마음 페이지〉, 〈마음 쉼 공간〉

글빛현주

'신은 선한 생각을 하는 사람보다 선한 행동을 하는 사람을 돕는다.' 어디선가 들은 말입니다. 곰곰이 생각했죠. 좋은 생각을 해도 행동하지 않으면 의미가 없단 말로 해석했습니다. 우린 서로가 서로에게 영향을 주고받습니다. 사람을 통해 변화한다는 말입니다. 저 역시 함께 읽고 쓰는 과정을 통해 성장했습니다. '선한 영향력'을 끼치는 사람이 되겠다 마음먹었습니다. 그 중심에 독서와 글쓰기가 있습니다. 각자의 빛나는 삶, 인생 스토리. 세상과 연결할 수 있도록 돕고 싶습니다. 이젠 당신 차례입니다.

김혜련

나만 할 수 있고 나만 가질 수 있는 능력을 찾으려 애쓴 적 있다. 죽어도 우월해야 한다는 아집으로 코피를 쏟았다. 어울리는 것을 좋아했지만 혼자가 되었다. 남들보다 어설프게 뛰어났다는 건 외톨이가 되는 것이었다. 혼자임을 지킬 수 있고 여럿이라도 혼자를 지킬 수 있는 태도, 글쓰기였다. 매일 쓰는 한 줄에서 출발한다. 주저하기보다 일단 쓴다. 글쓰기와 마주하며 내 마음 깊은 곳에 쏟아내는 평온을 유지한다. 세상에 휩쓸리지 않고 나를 여행하는 시간. 글을 쓸 수 있어 힘을 낸다.

서주운

'이 또한 지나가리라' 어렵고 지칠 때마다 붙들고 버텼던 한 문장이었습니다. 글 쓰는 인생 만나 지금은 힘들 때마다 펜을 쥡니다. 키보드에 손을 올립니다. 쓰는 동안 세상은 고요해집니다. 일상이 평온합니다. 마음이 잔잔해집니다. 글을 쓴다는 것은 나를 만나는 일입니다. 힘든 나를 토닥이고 슬픈 나를 위로합니다. 덕분에 힘을 얻습니다. 점점 성장하고 성숙해진 나를 발견합니다. 쓰는 인생이라 다행입니다. 오늘도 끄적끄적.

서한나

시간은 계속 흘러간다. 우리 생각도 마찬가지다. 영원할 것 같았던 감정과 생각은 없다. 과거에 목멜 필요 없고, 미래를 불안해할 이유 없다. 그저, 지금에 충실한 삶을 살아가면 그뿐이다. 글을 쓰고 배우며 이 사실을 알게 됐다. 삶이 만족스럽지 않다고 느낄 때 많았다. 더 나은 삶을 살 수 있다는 기대감이 없으니 재미가 없었다. 지금은 더 좋은 내일이 기다린다는 생각에 자주 설렌다. 심장병은 없지만, 심장이 자주 두근거린다. 글쓰기는 내게 사춘기 첫사랑 같은 존재가 됐다.

석승희

일부러 드러내고 싶지 않은 이야기를 꺼냈습니다. 지금까지 타인은 모르지만 자신은 가면을 쓰고 있는 기분을 지울 수 없었습니다. 시간이 흘러 옅어졌지만 기억에서 지우고 싶은 시간에 대해 자유로워지고 싶었습니다. 하나의 숙제를 끝낸 기분입니다. 그래서 마음이 한결 편해졌습니다. 앞으로 무엇이든 쓸 수 있을 것 같습니다. 마음의 평화를 얻을 수 있는 글쓰기. 용기를 내어 보시기 바랍니다.

이경숙

글 쓸 줄 모른다는 생각에 글을 써야 할 일이 있을 때마다 작아졌습니다. 학원 운영 8년간 매월 발행하는 수강료 고지서를 한 번도 제 손으로 작성하지 못했습니다. 그랬던 제게 책을 쓰자고 권했던 인친이 있습니다. 그 제안을 받았을 땐 너무 놀라 손사래 치며 여러 번 거절했습니다. 어느새 두 번째 개인 저서도 집필 중이고, 공저도 여섯 권째입니다. 그분의 권유가 없었다면 있을 수 없는 일이었죠. 이제 이 글을 읽는 독자님에게 제가 권해봅니다. 같이 쓰자고. 글을 쓰며 받았던 선물을 함께 나누고 싶습니다.

이현경

힘들었던 시절, 혼란스러운 마음을 글로 담았습니다. 글은 힘들었던 시간을 이겨낼 수 있는 도구였습니다. 글을 쓰며 아픈 시간을 마주할 수 있었습니다. 글을 쓰는 사람을 넘어, 글쓰기를 통해 다른 사람을 돕는 코치로 일하고 있습니다. 누구에게나 자신의 이야기가 있습니다. 글을 통해 위로와 용기를 주고 싶습니다. 글은 삶을 다르게 바라보게 합니다. 힘들었던 시간뿐 아니라 소소한 순간도 글로 담아내며, 성장하게 하는 글쓰기의 힘을 믿습니다.

정성희

글쓰기는 '자기 고통에 품위를 부여하는' 일이라 했다. 하는 일마다 실패투성이였다. 사는 게 고통스러웠다. 못나고 한심스러운 자신을 똑바로 볼 자신 없어 회피하기만 했다. 우울증으로 의욕을 잃고 인생에서 가장 힘든 시기에 글쓰기를 만났다. 글을 쓰기로 자세를 바꾸니 비로소 보였다. 오롯이 나에게 집중했다. 혼란스럽고 죽을 것 같던 괴로움이 가라앉았다. 나를 위로하는 시간, 고통스럽고 허접했던 나의 삶에 품위를 부여하는 글이 되기를 소망한다.

정인구

"당신 머리는 장식품으로 달고 다니냐?" 아내에게 자주 들었던 말이다. 글을 쓰면서 일상에서 경험하는 것을 메모 수첩에 기록한다. 의미를 부여하려고 노력한다. 의미는 사람을 위한 생각이다. 생각이 나에게서 타인으로 바뀌고 있다. 평소 보지 못한 것들이 보이기 시작한다. 글을 쓰는 게 여전히 어렵다. 기쁘지도 않다. 시작이 힘들지만 쓰다 보면 기쁨을 발견한다. 아주 가끔, 내가 쓴 글을 보고 감동하기도 한다. 나도 모르게 눈물이 흐를 때도 있다. 환갑이 지난 늙은이가 주책이다.

최미교

    글을 쓰면서 치유하는 경험을 전하고 있습니다. 이 책을 집필하면서 꺼내고 싶지 않은 기억이 떠올랐습니다. 마음속에 숨겨 두었던 일곱 살의 나를 만났습니다. 주기적으로 찾아오는 우울감, 슬픔의 근원을 알게 되었습니다. 삶을 포기하고 싶을 때, 살아갈 힘을 준 빛을 찾았습니다. 기억을 떠올리고 글을 쓰는 동안은 아팠지만, 다 쓰고 나니 개운해졌습니다. 묵은 체증이 내려간 듯 가슴이 시원해졌습니다. 마음속에 아픔을 품고 있다면, 글을 쓰고, 마음껏 공감하고, 스스로 치유했으면 좋겠습니다.